世上最会说情话的男子

写给最心爱女子的绵密情话

“要是我们两人一同在雨声里做梦，那境界是如何不同，
或者一同在雨声里失眠，那也是何等有味。”

——这是，他写给她蓄满爱意及美意的情话

我愿意舍弃一切
以想念你终此一生

·朱生豪情书集·

朱生豪 著

桑妮 编

新世界出版社
NEW WORLD PRESS

之江大学，才子佳人一相逢，若金风玉露，胜却了人间无数。

彼时，他是『之江才子』，万千仰慕；她是语出惊人的特立女子，吸引万千。

素来，他是寡言内向的，却在这场爱她的爱恋里表现出飞蛾扑火一般的忘情。

如是，他为她深情款款写下无数动情的诗和信。

只是时光无情，岁月残忍，
即便深爱，也未尝可以相伴久久。
在他们爱慕彼此的一年后，他们不得不别离。
他，去了上海。她，继续留在了之江。

时局的动荡，世事的不安稳，他们一别竟十年之久。

离别是苦，犹如他写给她的那句：

『似乎我每次见了你五分钟，便别了你一百年似的。』

幸而，十年后他们夙愿成真。

一九四二年五月一日，他们于上海完婚。

自此，才子佳人成良缘。

只是，清贫成了最丑恶的杀手，它残忍地夺去了他的生命、她的幸福。独活在世间的她，仰赖着有关他的回忆生活。

漫漫岁月熬过，八十六岁的她终于和他在另一个世界，一同做梦，一同失眠，一同倾听雨声。

目录

壹

醒来觉得
甚是爱你

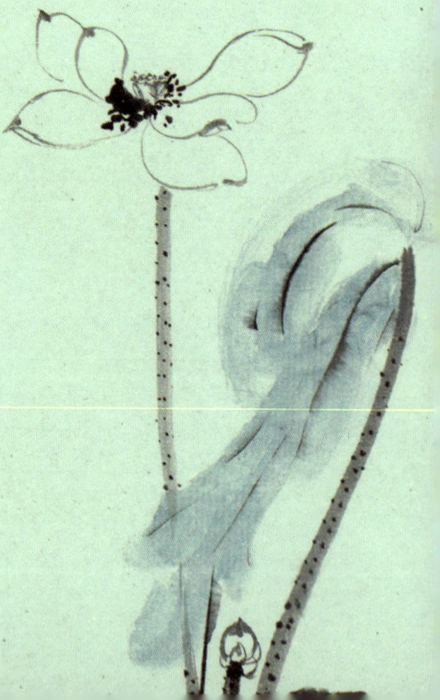

C O N T E N T S

贰

为了你的缘故，
我愿自己是个诗人

目录

叁

一天一天
愈更深切地
爱你

C O N T E N T S

肆

爱你，
我愿做一把烈火

目录

伍

世上
比你再可爱的人
是没有了

CONTENTS

陆

我愿意舍弃一切，以想念你终此一生

目 录

柒

我灵魂
不曾有一天
离开过你

C O N T E N T S

捌

给你写信
是乐事也是苦事

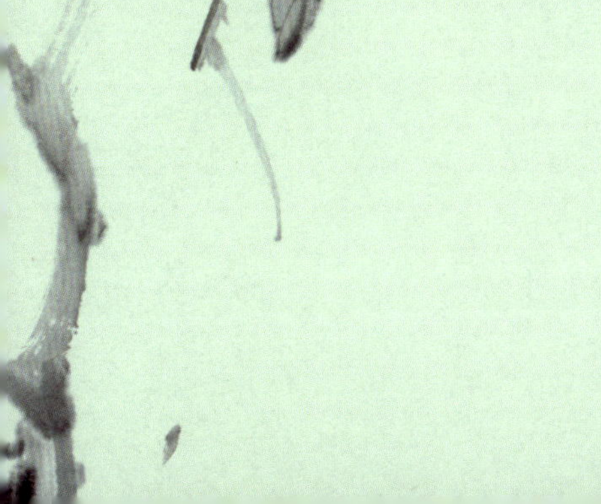

目录

玖

风和日暖，令人愿意永远活下去

附

*

不许你再叫我朱先生，
否则我要从字典上查出世界上最肉麻的称呼来称呼你。
特此警告。

壹

醒来
觉得甚是
爱你

醒来觉得甚是爱你

昨夜我看见郑天然[1]向我苦笑。你被谁吹大了，皮肤像酱油一样，样子很不美，我说，你现在身体很好了，说这句话，心里甚为感动，想把你抱起来高高地丢到天上去。醒来觉得甚是爱你。

这两天我很快活，而且骄傲。

你这人，有点太不可怕。尤其是，一点也不莫名其妙。

朱

1　朱生豪的同学加好友。——本书注释如无特别说明，均为编者所注。

我爱你，
此外
什么都不知道

傻丫头：

我不要向你表敬意，因为我不要和你谈君子之交。如果称“朱先生”是表示敬意，“愿你乖”是不是也算表示敬意？你说如果有人称你宋先生你决不嫌客气，这里自从陆经理以下至用人都和你一样称我为朱先生（除了我们的主任称我为“生豪公”，英文部一两个同事称我为“密司脱朱”，因为他们懂得英文的缘故，一位茶房亲热地称我为“朱”，大概自以为这样叫法很时髦，不知全然缺乏了“敬意”），我又何尝嫌他们客气？问题只是在你称我为朱先生是否合适这一点上。就常识而言，先生二字是对于尊长者及陌生或疏远者的敬称，在俚俗的用法中，亦用于女人对他人称自己的丈夫或称他人的丈夫的代名词，如云“我家先生不在家”“你的先生有没有回来？”等。用于熟识的朋友间，常会有故意见疏的意味，因此是不能容忍的。

今天，没有什么好说的，上午满想睡半天，可是到十点钟仍旧起来了，读了一些……下午……天晓得我真要无聊死。

我爱你，此外什么都不知道。

心里异常不满足，因为写不出什么话。

要是此刻你来敲门唤我，出去 take a walk（散步）多好。

黄天霸　五夜

只想
倚在你肩上
听你讲话

宝贝：

现在是九点半，我想你大概已经睡了，我也想要睡了。心里怪无聊的，天冷下雨，没有东西吃，懒得做事，只想倚在你肩上听你讲话。如果不是因为这世界有些古怪，我巴不得永远和你厮守在一起。

你说我们前生是不是冤家？我向来从不把聚散看成一回事，在你之前，除你之外，我也并非没有好朋友，不知道为什么和你一认识之后，便像被一根绳紧紧牵系住一样，怪不自由的，心也不能像从前一样轻了，但同时却又真觉得比从前幸福得多。

不写了，祝你快乐！

十九夜

我渴望拥抱你，
对你说一千句
温柔的蠢话

好人：

你简直是残忍，一天难挨过似一天，今天我卜过仍不会有你的信来。我渴望拥抱你，对你说一千句温柔的蠢话，然这样的话只能在纸上我才能好意思写写，即使在想象中我见了你也将羞愧而低头，你是如此可爱而残忍。

我决定这封信以情书开头，因此就有如上的话，但这写法于我不大合适，虽则我是真的爱你，如同我应该爱你一样。

如果到三十岁我还是这样没出息，我真非自杀不可。所谓有出息不是指赚三百块钱一月，有地位有名声这些。常常听到人赞叹地或感慨地说，“什么人什么人现在很得法了”，我就不肚热那种得法，我只要能自己觉得自己并不无聊就够了。像现在这样子，真令人丧气。读书时代自己还有点自信和骄矜，而今这些都没有了，自己讨厌自己的平凡卑俗，正和讨厌别人的平凡卑俗一样，趣味也变低级了，感觉也变滞钝了。从前可以凭着半生不熟的英文读最艰涩的 Browning（勃郎宁）的长诗，而得到无限的感奋，现在见了诗就头痛，反之有时看到了那些又傻又蠢气的电影，倒要流流眼泪，那时我便要骂我自己：“你看看你这个无聊的家伙，有什么好使你感动的呢，那些无灵魂的机械式的表演？”真的我并不曾感动，然而我却感动了。一个人可以和妻子离婚，但永远不能和自己脱离关系，我是多么讨厌和这个无聊的东西天天住在一个躯壳里！如果我想逃到你的身边，他仍然紧跟着我，因此我甚至不敢来看你，因为不愿带着他来看你。我多么想回到我们在一处作诗（不管是多么幼稚）的“古时候”，我一生中只有那一年是真的快乐，真的满足，满足自己也满足世界，除了太过渺茫了的我的童年，那还是太古以前的事，几乎是不复能记忆的了。

你知道火炉会使人脸孔变惨白，但你不知道人即使在火炉旁也会冻死的，如果有人不理他。杭州已下雪了，这里只有雨，那种把人灵魂沾满了泥泞的雨。冬天唯一的好处是没有臭虫，夜里可以做梦，虽然我的梦也生了锈了。

寄与你一切的思慕。

朱儿

宋：

庄××君很可同情，我对于吃笔[1]的人总是抱同情的。我相信他一定没有读过追求学，因此而遭惨败，实深遗憾。凡追求，第一要知己知彼，忖量有没有把握；第二要认清对方的弱点“进攻”；第三要轻描淡写，不露痕迹；第四要有政治家风度，可进则进，不可进则须看风收帆，别寻出路，不给被追求者以惹厌的印象。硬弄总是要弄僵的，寻死觅活的手段，只能施于情窦初开，从来不曾见过男人的深闺少女，柔弱的心也许会被感动。College girl（女大学生）大多是 hardboiled（老练的），这是认识不足和手段错误。如果李女士一定不肯接受他的

你也许不是
一切人的天使，
但至少你是我的

1　同“吃瘪”。

好意，大概他以后会变成女性诅咒者。大多数的男人都是这样缺少sportsmanship（运动员精神）的。对于女人的男性憎恶论，则我觉得较可原谅，因为女人之被男人吃笔大抵有历史的社会的根据，而男人之被女人吃笔，多分是自己的错处，主要的毛病出在“不识相”三字上。

你也许不是一切人的天使，但至少你是我的天使。

昨得“打油渣诗”一首，“仿宋体”：书隔一星期，历七千万万世纪，思君意如火山爆发，每个细胞打结三十六次。临颖不知云，却怨天气好，愿化一面镜子，常常照你笑。

愿你伤风快好，我待你好。

和尚 十六

姊姊：

今天早上弄堂里叫卖青梅，喊着："妹子要妹子哦亲妹子，好妹子，好大个亲妹子要哦？"

真的我这么许久不见你了，不知道几时才能托上帝的福再见你一次，今天是风雨凄凄，思想起来好不伤心人也。

舍弟很客气地来信请我端午节到家里去做客人，但要我衣裳穿得楚楚一点，因为他的太太不大看得惯寒酸（或者好听一点说落拓不拘细节）的样子。实在，我对于故乡的姑娘们是只有叹气的，尤其是暴发户气息的小商人阶级的女儿。嘉兴是太充满商人味儿的城市，你走遍四城门也找不到一个高贵清华的少女，当然更绝对产生不出宋清如那样隽秀的才人。

我要多么待你好，每两分钟你在我心里一次，祝福你。

弟弟　星期日

每两分钟
你在我
心里一次

我真想扑在你的怀里

宋：

你走得这样快，没有机会再看见你一次，很是怏怏，不过这也没有什么。你要不要我向你说些善颂善祷的话？

今天往轮船码头候郑天然，没有碰着，因为他没有告知我确实的时间，赶去时轮船已到，人已走了。也许明天会打电话给我。

抄写的东西我想索性请你负责一些，给我把原稿上文句方面应该改削的地方改削改削，再标点可不必依照原稿，因为我是差不多完全依照原文那样子，那种标点方法和近代英文中的标点并不一样，你肯这样帮我忙，将使我以后不敢偷懒。纸张我寄给你，全文完毕后寄在城里。

希望一切快乐等在你前面。要是我做你的学生，我一定要把别的功课不问不理，专门用功在你的功课上，好让你喜欢我。

多雨而凄凉的天气，心理上感到些空虚的压迫，我真想扑在你的怀里，求你给我一些无言的安慰。

永远是你的怀慕者。

三日

又老了一天，我爱你得很

宋：

你在不在发愁？

我在发愁，希望天下雨。不是我喜欢雨天，晴天我总希望下雨，雨天我总希望天晴。

今天又比昨天老了一天。

我爱你得很。

朱生十五

你寄一张戴方帽子的照片给——不是给我，给姓朱的。我待你好。

五点半

到车站等你，高兴地盼着

沪杭甬线上行车京闸联运快车十二点廿五分上海到。

京沪线上行车京闸联运快车三点整上海开。

十足耽搁两小时。

我预备十一点半出来，吃过一点物事就到车站等你（作兴是你等我）。

在高兴地盼着！

朱

我渴望着做一个幸福的梦

我对于一切的意见，都脱不了幼稚两个字，想起来要脸孔红。

世上最傻不过的人就是母亲（这又是一个意见），要是我做女人生了一个儿子（或女儿），我一定不高兴爱他。

天晴使人不快活，因为又要烦闷。

你如肯做我干女儿，我一定把你掌上珠样看待，肯不肯呢？

今天早上跑出来，看见厂屋顶下半旗，想了一想，才知道今天是九一八。其实这种仪式也不过空感慨一下，毫无用处。

活着无趣味，一点点使自己满足的事都没有，而就此死了，又不能甘心。

想来想去只觉得你比我更可怜。

我每星期中星期日除外，总有两天很兴奋，两天很安静，其余两天，则怨天尤人。出太阳的日子心里常气闷，落雨天有时很难

过，刮风则最快活。

我想我唯一要训练自己的，便是“如果世上没有你这样一个人，怎样我也能活下去”的方法，因为不然的话，我只好每天躺在床上流着泪想你，再不用想做事情了。

我很渴想着做一个幸福的梦，一个和你在一块儿亲爱地生活着的梦，然而无论在现实生活中或想象里，都不曾有过这种经验，因此我再没有得到这样一个梦的希望。

四年前的昨天，我送一个朋友回苏州去，四年前的前天，我们在满觉陇，但没有桂花，正如四年后的你一样起了落寞之感。四年前的明天午后，王守伟在都克堂大声疾呼，痛哭陈词，现在，不知他在活动些什么滑稽玩意儿。四年前，世界上还不曾有你，也可以说，还不曾有我。

如果你是
头号傻瓜，
我准是个
超等傻瓜

小鬼头儿：

我太不高兴写信给你，此刻不知你在跟谁讲些什么小姐经，而我却不知道是谁逼着我硬要写些什么，写信的对象偏偏一定要是我所最讨厌的人你。要是写得好，能博你欢喜，叫我几声孩子，那么也许还可窝心窝心，骗骗自己说世上还有个人疼我。要是写得戆一些，便要惹你发神经，把朱先生哩聪明哩佩服哩知己哩劳驾哩这些化装了的侮辱堆在我身上，想想真气不过。如果你是个头号傻瓜，我准是个超等傻瓜。

自己安慰自己这句话实在可怜得很，既然决心不受人怜，又何必对影自怜呢？要是我，宁愿自己把自己虐待的。

当心伤风。

此夕

要是你是个男人，你欢喜哪一种女子呢？要是我是个女子，我要跟很多男人要好，我顶欢喜那种好好先生，因为可以随便欺负他，“好人”是天生下来给人欺负的。

哥儿：

今天天气很好。不叫人兴奋也不叫人颓唐，不叫人思慕爱情也不叫人厌恨爱情，去外面跑，也不会疲劳，住在家里，也不会愁闷。今天写信，目的就是要说这两句话，多说了你又会厌烦我。

借了三本《行为主义的心理学》，希望能读得下去。

愿你乖。

次日下午

我愿意听话，
永远待你好

好宋：

真的我不怪你，全不是你错，无可如何才怪你，但实在是不愿怪你的，遇到这等懊恼的事，暂时生一下子气，你会允许我的吧？我不曾骂你，是不是？你不要难受才好。我愿意听话，永远待你好。

说，愿不愿意看见我，一个礼拜后？抱着一个不曾弥补的缺憾，毕竟是太难堪的事，让我再做一遍西湖的梦吧，灵峰的梅花该开了哩。你一定来闸口车站接我，肯不肯？我带巧克力你吃。这回手头大充实，有五十多块钱，另外还借出十八块钱，虽然年节开发，买物事[1]回家，得用去一些。

1 上海方言，意思即东西。

其实从北站到我处一段路，也并不怎样难走，远虽是远，只需坐七路提篮桥电车到底，就没有多少路，如懒得问，黄包车十来个铜子也拉到了。寓所就在 office（办公室）转角，原该早告诉你的。

今后再不说诳话欺骗自己了，愿意炼成一个坚强的钢铁样的信心，永远倾向着你，当我疲倦了一切无谓的游戏之后。我不愿说那是恋爱，那自然是比恋爱更纯粹的信念。我愿意懂得“永恒”两字的意义，把悲壮的意味放入平凡的生活里，而做一个虔诚的人。因为我是厌了易变的世事，也厌了易变的自己的心情。

你并不伟大，但在我心里你是伟大的。

给你深深的友爱，我常想你是比一切弟弟更可爱的弟弟。

朱　九日傍晚

你肯不肯
给我一个吻？

好人：

今晚我把《仲夏夜之梦》的第一幕译好，明天可以先寄给你。我所定的计划是分四部分动手：第一，喜剧杰作；第二，悲剧杰作；第三，英国史剧全部；第四，次要作品。《仲夏夜之梦》是初期喜剧的代表作，故列为开首第一篇。

今天已把所抄的你的两本诗寄出，希望你见了不要生气。

今天下雨，很有了秋意。湖州有没有什么可以玩玩的地方，人家陪不陪你出去走走？除国文外，你还教些什么功课？

《仲夏夜之梦》比《暴风雨》容易译，我不曾打草稿，“葛搭”（这两个字我记不起怎么写）的地方也比较少，但不知你会不会骂我译得太不像样。

虽则你还没开学，我却在盼望快些放

寒假（或者新年），好等你回家的时候来看你。民德是不是教会学校？大概是的，我想。我顶不欢喜教会里的女人。

我记住你的阴历生日是六月十八，阳历生日是七月三十一，错不错？

你肯不肯给我一个吻？

愿你秋风得意，多收几个得意的好门生，可别教她们作诗，免得把她们弄成了傻子。

魔鬼保佑我们！

一个臭男人　十七夜

你美到
无可言喻

好人：

昨天梦你到嘉兴来玩，我爱你，凡不爱你的人都是傻子。在我的心中眼中以及一切感官中，你都是美到无可言喻。

天这两天变凉了，我毫无意见，随它冷热，都与我无干。

前天买了一本有趣的旧西书 *Houseboat on the Styx*（《冥河中的船屋》），Styx 是通阴阳两界的河名。其中当然尽是些鬼话，荷马、莎士比亚、孔夫子、伊丽莎白女王、哈姆雷特、拿破仑、华盛顿等等都在一起清谈口角，最被挖苦得厉害的是 Dr.Samuel Johnson（塞缪尔·约翰逊）。书的作者是完全无名的，出版于一八九〇年。莎士比亚和约翰逊博士争论莎士比亚戏曲是否莎士比亚本人所作，不能解决，去问 Francis Bacon（弗朗西斯·培根），Bacon 说是他作的，莎士比亚是他的“打字员”，因为稿子由他打字，便冒认为己作，一个连自己姓名都弄不清楚（莎士比亚的亲笔签名式共有六七种不同的拼法，后来有一位先生著过一本书，发现这个名字一共可以有四千种拼法！）的人，怎么会著出 *Hamlet*（《哈姆雷特》）来呢？老莎大发急，再去问 Sir Walter Raleigh（沃尔特·雷利爵士），Raleigh 笑笑说 *Hamlet* 既不是培根作的，也不是老莎作的，那作者正是我哩。莎士比亚说，怎么，莎士比亚的作品都不是莎士比亚作的，那么究竟有没有我这个人呢？又有一个笑话，一次莎士比亚回到阳间去，在伦敦登台演 *Hamlet*，大受批评家的白眼，说他完全不懂莎士比亚。一晚他们举行讲故事会，预先派定约翰逊博士做主席，因为他这个人惯会刻薄人，要是叫他等别人说过后插入一两句批评，那是非常够味的，但要他自己讲起来，便三日三夜讲不完，冗长得叫人异样头痛。第一个立起来讲的是 Goldsmith（戈德斯密）（他是个不会讲话的人），红红脸孔说了一些反反复复的话，便说要宣读《威克斐牧师传》前五个 Chapter（章），大家急了起来，主席先溜走了，关照从者等他读完了来唤他。还是拿破仑和威灵顿公爵商量出一个办法，假装因旧恨而吵闹起来，把会场闹得一塌糊涂，才避免 Goldsmith 读《威克斐牧师传》。拿破仑问 Frederick（腓特烈）大帝有没有读过 Carlyle（卡莱尔）所著 Frederick 传记[1]，他说不曾，因为没有工夫，拿破仑说你现在永生了，尽管读到 eternity（永远），难道还没有工夫？他说，你读了三四页便知道了。

让我亲亲你，让我爱爱你，无数的肉麻。

朱儿　三〇

1　一部卷帙浩繁的著作。

*

我想作诗，写雨，
写夜的相思，写你，写不出。

贰

为了你的缘故，
我愿自己
是个诗人

我一定要吃糖，为着寂寞的缘故

清如：

昨夜我做了一夜梦，做得疲乏极了。大概是第二个梦里，我跟你一同到某一处地方吃饭，还有别的人。那地方人多得很，你却不和我在一起，自管自一个人到里边吃去了。本来是吃饭之后，一同上火车，在某一个地方分手的。我等菜许久没来，进来看你，你却已吃好，说不等我要先走了，我真是伤心得很，你那样不好，神气得要命。

不过我想还是我不好，不应该做那样的梦，看你的诗写得多美，我真欢喜极了，几乎想抱住你不放，如果你在这里。

我想我真是不幸，白天不能困觉，人像在白雾里给什么东西推着动，一切是茫然的感觉。我一定要吃糖，为着寂寞的缘故。

这里一切都是丑的，风、雨、太阳，都丑，人也丑，我也丑得很。只有你是青天一

样可羡。

这里的孩子们学会了各色骂人的言语，十分不美，父母也不管。近来哥哥常骂妹妹泼婆。妹妹昨天说，你是大泼婆，我是小泼婆。一天到晚哭，闹架儿。

拉不长了，祝你十分好！六十三期的校刊上看见你的名字三次。

朱 初三

我拍拍你的肩头

好友：

我并不真怪你，不过是怪着你玩玩而已。你这人怪好玩儿的，老是把自己比作冷灰——怪不得我老是抹一鼻子灰。也幸亏是冷的，否则我准已给你烧焦了。我不大喜欢这一类比喻。例如有人说“心如止水”，只要投下一块石子去，止水就会动起来了；有人说“心如枯木”，唯一的办法便是用爱情把它燃烧起来，你知道枯木是更容易燃烧的。至如你所说的冷灰，只要在它中间放一块炙热的炭，自然也会变热起来。但最好的办法还是给它一个不理睬，因为事实上你是待我很好的，冷灰热灰又有什么相干呢？

你要是说你不待我好，即使我明知是真也一定不肯相信。但你说你待我很好，我何乐而不相信呢？但我很希望听你说一万遍，如果你不嫌嘴唇酸的话。

你一定不要害怕未来的命运，有勇气把眼睛睁得大大的，凝视一切；没勇气闭上眼睛，信任着不可知的势力拉着你走，幸福也罢，不幸也罢，横竖结局总是个The end（结局）。等我们走完了生命的途程，然后透一口气相视而笑。好像经过了一番考试，尽管成绩怎样蹩脚，总算卸却了重负，唉呵！

我拍拍你的肩头。

Villain

你
这恼杀人的小鬼

宋：

你前儿那封信里说的话一通也不通，懒得驳你了。世上没有什么人会爱你，因此只好自己骗骗自己说恋爱是傻了。顶聪明的人都是爱寻烦恼的，不寻烦恼，这一生一世怎么度过去？理学先生都有说不得的苦衷。活人总是常戚戚的，死人才坦荡荡。

我渴望和你打架，也渴望抱抱你。

你这恼杀人的小鬼。不要因为我不爱你而心里气苦。

岳飞　三月二日

你很苦，真是，谁也不疼你，快钻到被头里去哭吧。

三等无轨电车里两个女人打架，今天总算得到了点 thrilling（令人兴奋的事），女人打架，照例我总是同情比较好看一点的那个，事实是女人跟女人相打，总是彼此毫无理由的多，要判断谁曲谁直，永远是不可能的。

天实在太暖了，趁着好的太阳光，多走走路吧，不要闷着等死，你如要等死，死便不肯来的。

如果我
不认识你，
我一定更不幸

清如：

好了吗？怎样的悬念着悬念着。

我脾气确实近来也坏了，常常得罪人，因为“戏慢[1]”他们，昨天被彭同任教训了一顿，我是不好，他们却可笑。

常常气闷得很，觉得什么人都讨厌，连自己的影子也讨厌，很愿意一个朋友也不要。不过想到你时，总是好像有点例外。如果我不认识你，我一定更不幸。

愿你健康，愿你快乐，一切的平安给予你！杜鹃花几时红起来，山中该热闹了呢。我没有希望，没有真能令我快乐的事物，虽也不愿颓唐。只有一个冀念，能够在可能的最近再看见你，我将永远留一个深心的微笑给你，那是一切意望之花，长久的竚候里等待着开放的。

虽然是怎样无意味的信呵！

朱　廿二上午

1　上海方言，怠慢，不尊重。

把心的
每一个角落
给你看才痛快

清如：

今天心里有点飘飘然。原因是：一、昨天头痛一天，今天好了；二、天很暖；三、今天星期日，还要工作，虽不开心，然而机器不响，心很静，比在家或走在马路上好一些；四、已定规来杭州看你。

后天回家去，十六从嘉兴搭快车一点廿分到闸口，你能来接我最快活。十七星期六，十八星期日，你得陪我玩，不，领我玩。多少高兴，想着终于能看见你，顶好的好人！当我上次得到你的信，一眼看见不许哭三字，眼泪就禁不住滚下来了，我多爱你！

心里的意思，怎样也诉说不完，也诉说不出，因此而想起音乐是最进化的语言：一切“散文的”语言文字是第一级，诗是第二级，音乐是最高级，完全依凭感觉，脱离意象而独立了。凡越朦胧则越真切。我梦想

一个音乐的天国，里面的人全忘了讲话与写字。这是野话。我知道你顶明白我，但还巴不得把心的每一个角落给你看才痛快。我为莫可奈何而心痛，欲抱着你哭。

愿上帝祝福你的灵魂永远是一朵不谢的美丽的花！我能想着你，梦着你，神魂依恋着你，我是幸福的。

朱　十一下午

愿你真的快乐

清如：

凄惶地上了火车，殊有死生契阔之悲，这次，怕真是最后一次来之江了。颇思沉浸六个钟头的征途于悲哀里，但旋即为车厢内的嘈杂所乱，而只剩得一个徒然的空虚之怅惘了。八点多钟回到亭子间里，人平安。

你会不会以为我这次又是多事的无聊？我愧不能带给你一点美好的或物，并不能使自己符合你的期望。每次给你看的一个寒伧的灵魂，我实不能不悲哀自己的无望。我没有创造一个新命运的勇气，不，志愿，又不能甘心于忍耐。正同你说的，我惟蕲速死，但苦无死法，人生大可悲观。人云，难得糊涂，虽糊涂的骨子里实具有危险，我苦于不能糊涂。

但只你我的友情存在一天，我便愿意生活一天。如果我有时快乐，那只是你美丽的光

辉之返照。我不能设想有一天我会失去你，那是卑劣的患得患失的心理，我知道。我相当地爱我每一个朋友以及熟识的人，可能的话，我也愿爱人生和举世一切的人，但我是绝对地爱你，我相信。我希望这不是一个盲目的冲动，我该不能再受感情的欺骗了。

这次给我一个极度美丽的记忆，我不能不向你致无量感激敬爱之忱。我害怕我终不会成为你的一个真的好朋友，因我是一个不好的人，但我愿意努力着，只要你不弃绝我。

谁知道我们以后还会不会会见了！哀泣着的是这一个失去了春天的心。春天虽然去了，还能让它做着春天的梦吗？虽然是远隔着，在梦里我不愿离开你，永远。

愿你真的快乐，好人！

朱　十八夜

你的名字
清如最好了

阿娣：

不许你再叫我朱先生，否则我要从字典上查出世界上最肉麻的称呼来称呼你。特此警告。

你的来信如同续命汤一样，今天我算是活转来了，但明天我又要死去四分之一，后天又将成为半死半活的状态，再后天死去四分之三，再后天死去八分之七……直至你再来信，如果你一直不来信，我也不会完全死完，第六天死去十六分之十五，第七天死去三十二分之三十一，第八天死去六十四分之六十三，如是等等，我的算学好不好？

我不知道你和你的老朋友四年不见面，比之我和你四月不见面哪个更长远一些。

有人想赶译高尔基全集，以作一笔投机生意，要我拉集五六个朋友来动手，我一个都想不出。捧热屁岂不也很无聊？

你会不会翻译？创作有时因无材料或思想枯竭而无从产生，为练习写作起见，翻译是很有助于文字的技术的。假如你的英文不过于糟，不妨自己随便试试。

我不知道世上有没有比我们更没有办法的人？

你前身大概是林和靖的妻子，因为你自命为宋梅。这名字我一点不喜欢，你的名字清如最好了，字面又干净，笔画又疏朗，音节又好，此外的都不好。清如这两个字无论如何写总很好看，像澄字的形状就像个青蛙一样。青树则显出文字学的智识不够，因为如树两字是无论如何不能谐音的。

人们的走路姿式，大可欣赏，有一位先生走起路来身子直僵僵，屁股凸起；有一位先生下脚很重，走一步路全身肉都震动；有一位先生两手反绑，脸孔朝天，皮鞋的历笃落，像是幽灵行走；有一位先生缩颈弯背，像要向前俯跌的样子；有的横冲直撞，有的摇摇摆摆，有的自得其乐；有一位女士歪着头，把身体一扭一扭地扭了过去，似乎不是用脚走的样子。

再说。

朱　一日

你简直是个梦

好：

昨夜梦被一群基督徒包围，硬要把我拦人羊栏里，为要拯救我的陷落的灵魂起见，特地把我托付给一位圣洁的女士，她为着忠实地履行对于上帝的神圣的义务，毫不容情地把我占有了，绝对不许我和你见面或通信。我恨极了，终于借着魔鬼的力量，把她一脚踢得老远的，奔到你的身边来了。

从今天一点钟起我停止了对于你来信的盼望，你简直是个梦，我一点把捉不住你的存在，也许我从来不曾真看见过你，除了在梦中……

每天每天是那样说不出的无趣。你说过你需要一个需要，我希望我能有一个……希望。

横竖总写不痛快，不写了。十万个祝福。

空气　廿五

我只想吃了你

你相不相信“一见钟情”这句话？如果不相信，我希望你相信。因为昨天有一个人来看我，我们看影戏，我们逛公园，她非常可爱，我交关[1]喜欢她。我说，她简直跟你一样好，只不知道她是不是便是你？也许我不过做了个梦也说不定。

亲爱的小鬼，我要对你说些什么肉麻的话才好耶？我只想吃了你，吃了你。

鸭　廿五

1　宁波方言，非常。

你是世上最可爱的老太太

澄哥儿：

今天天气很好，心里有点松快，可是又闷得快要闷死的样子，要是身边有钱，一定在家里坐不住。你不知道那个 Flaubert（福楼拜）多少可恶，净是些古怪的生字，叫人不耐烦看下去。唉，我昨夜做的梦真有趣，尸首从床板上跳起来，身上还淋着脓，哎，啧啧，我一看不对，连忙奔下楼。昨天不是我说我多么爱你吗？这种话你不用听就是，因为我怎么能知道我爱不爱你呢？天晓得你是多么好！我要是从来不曾读过英文就好了，那种死人工作恨一百年都恨不尽。

今天才初八，还要等你至少一星期，真心焦！唉，我透了一口长长的气。你说我写些什么好呢？我什么话都没有，你只痴痴地张大了眼睛（我说的是你的照相），一句话也不响。要是谁带点糖来给我吃吃就好了。如果我亲你的嘴，你打不打我耳光？我真不高兴，真怨。你房间里冷不冷？情形真是一年坏一年……不说了。

我在梦里筑了一座宫堡，那地方的风景真是好极了，你肯不肯赏光常来玩玩？我特为你布置了一间房间，所有房间中最好的一间，又温暖又凉爽又精巧又优雅。窗外望出去的山水竹树花草，朝晨的太阳，晚来的星月，以及飞鸟羊群，都是像在一个神奇的梦境里。你这间房间我每天吩咐一个美秀的小婢打扫收拾，但别人不许进去一步，即使你永远不来也将永远为你保存着。我真不知道要怎样才好，早早死了就好了，做人真没有趣味。谢谢撒旦的父亲，日子快些过去才好！你已经三十岁，是个老太婆了，实在日子过得真快，我还亲眼看你从娘肚子里一二三开步走地跑出来呢，那时我还是个毛头小伙子，如今老了，不中用了，国家大事被后生小子弄得一团糟，也只好叹口气罢了。总而言之，还是让我以这垂朽的残生爱着你直到死去吧！你是世上最可爱的老太婆。

傻老头子

宋：

我很安静，不淘气了

说过的傻话请不要放在心上。

今天我很快活，因为清晨走在路上，看见一个中国巡捕，脸孔圆圆的，一头走路一头眼睛眯着打瞌铳，样子甚可爱。

昨天借了六本弗洛伊德的《精神分析引论》，一口气看完了。今天毕竟又去把*Jane Eyre*（《简·爱》）买了转来，一块钱。

我很安静，不淘气了。我猜想你明天会有信来，我有点害怕，不知你要说些什么话，我真不好。

虔诚的忆念和祝福。

不好的孩子　七日晚

一首蹩脚的诗请你指正。

为了你的缘故，我愿自己是个诗人

小姊姊：

你好？我……没有什么，很倦，又不甘心睡，也不愿写信。

家里有没有信？我希望你母亲早已好了。

又一星期过去，日子过得越快，我越高兴。我发誓永不自杀，除非有一天我厌倦了你。

每天每天你让别人看见你，我却看不见你，这是全然没有理由的，我真想要你喂奶给我吃。

有人说我胖了，我完全不相信，你相信不相信？你现在生得是不是还像我们上次会面时一样？也许你实在很丑也说不定，但我总觉得你比一切的美都美，我完全找不出你有任何可反对的地方，我甘心为你发痴。

如果你不欢喜我说这样话，我仍然可以否认这些话是我说的，因为我只愿意说你所喜欢听的话。

我是属于你的，永远而且完全地。愿你快乐。

专说骗人的诳话者 十一夜

如果我想要做一个梦，世界是一片大的草原，山在远处，青天在顶上，溪流在足下，鸟声在树上，如睡眠的静谧，没有一个人，只有你我，在一起跳着飞着躲着捉迷藏，你允不允许？因为你不允许我做的梦，我不敢做的。我不是诗人，否则一定要做一些可爱的梦，为着你的缘故。我不能写一首世间最美的抒情诗给你，这将是我终生抱憾的事。我多么愿意自己是个诗人，只是为了你的缘故。

这世上
我最欢喜你

宋：

昨夜我写了一封痴痴颠颠的信，幸亏不寄出，否则你又要骂我。

我知道你很爱我，如果你骗你自己说不爱我，我也无法禁止你。

照片即使你硬要送给我，我也不要了，因为你已送过了别人。你瞧我好像也会喝醋的样子。

关于朋友我向来主张“不交主义”，除非人家要来交我，我决不去交人家。男朋友我也不要，何况女朋友，何况是含有特殊意义的女朋友。除非你忍心要我在不识相的姑娘们前出乖露丑，像一个呆大女婿那样地，你总不好意思劝我交女朋友吧？

你说的光明坦白四个字我也不很懂，心中存着光明坦白四个字，已经有些不十分光明坦白，时时刻刻记得这四个字而去交起朋友来，往往会变得充满了做作。友情不是可以用人工方法培植起来的，毫无理由地和一个不相识者交起朋友来，随便你怎样光明坦白也是 awkward（笨拙的、拙劣的）的。你老是说些不通的话，真是可爱得很。

你因为客气而不骂我，不知这算不算得光明坦白？如果朋友有失而不骂，也未免不够交情。只有好朋友的骂才能使人心悦诚服，即使被骂者脸红耳赤，也不致怀恨在心，你为什么不骂我呢？还是我没有被你骂的资格？——我简直要声势汹汹地质问你。

你原来就是笨的，现在并不比从前更笨，可是笨得可爱。

这次你写了一段很好的文字："日日在怅惘中看着天明，再由白天捱到夜晚。这种不快意的心情，说悲哀似乎太重，说惆怅又嫌太轻，要说这是愁，那我更不知是愁些什么来。"令人咏叹不尽。

不要不待我好，在这世上我最欢喜你。

朱　十九

我的快乐即是爱你，
我的安慰即是思念你。

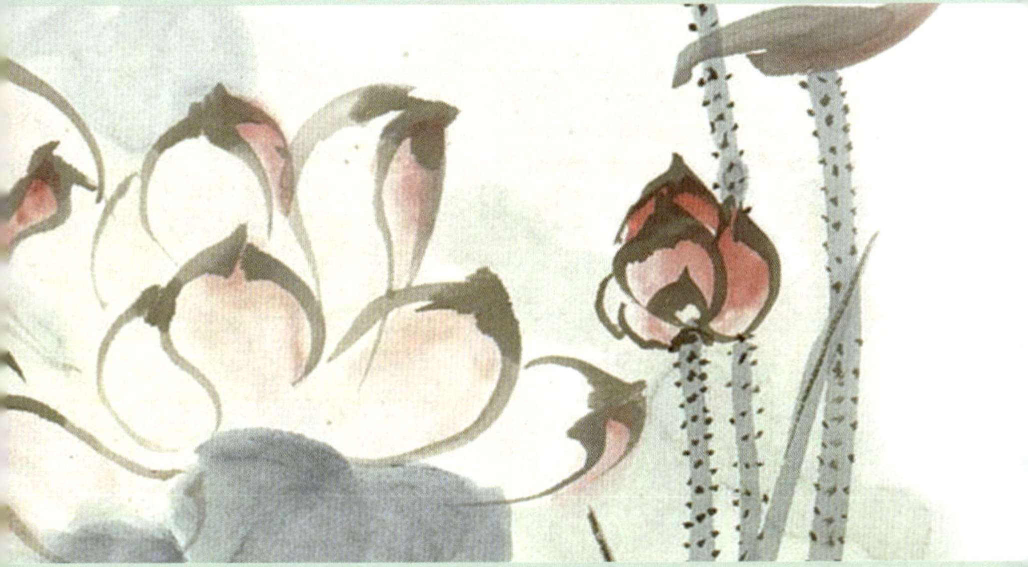

叁

一天一天
愈更深切地爱你

……

天如愿地冷了，不是吗？

我一定不笑你，因为我没有资格笑你。我们都是世上多余的人，但至少我们对彼此都是世上最重要的人。

我一天一天明白你的平凡，同时却一天一天愈更深切地爱你。你如照镜子，你不会看得见你特别好的所在，但你如走进我的心里来时，你一定能知道自己是怎样好法（这是一个很古怪的说法，不是？）。

一切不要惶恐，都有魔鬼作主。

我真的非常想要看看你，怎么办？你一定要非常爱你自己，不要让她消瘦，否则我不依，我相信你是个乖。

Lucifer

一天一天
愈更深切地
爱你

想你时，一种无以名之的寂寞

其实老早倦得想睡了，可是到底发了那么半天呆。

我说，我不高兴写信了，因为写不出话来。可惜我不是未来派画家，否则把一块红的一块绿的颜色在白纸上涂涂，也好象征象征心境。

总之是一种无以名之的寂寞，一种无事可做，即有事而不想做，一切都懒，然而又不能懒到忘怀一切，心里什么都不想，而总在想着些不知道什么的什么，那样的寂寞。不是嫠妇守空房的那种寂寞，因为她们的夫君是会在梦中归来的；也不是游子他乡的寂寞，因为他们的心是在故乡生了根的；也不是无家飘零的寂寞，因为他们的生命如浮萍，而我的生命如止水；也不是死了爱人的寂寞，因为他们的心已伴着逝者而长眠了，而我的则患着失眠症；更不是英雄失志，世无知己的寂寞，因为我知道我是无用的。是所谓彷徨吧？无聊是它的名字。

吴梦窗的词，如果稍为挑几首读读的确精妙卓绝，但连读了十来首之后不由你不打呵欠，太吃力。

没有好杂志看好电影看也真是苦事，我一点不想看西席地米尔的《十字军英雄记》，左右不过又是一部大而无当的历史影片。我在盼望着堇纳倾全力摄制的莎士比亚《仲夏夜之梦》，卓别林的新作，嘉宝的*Anna Karenina*[1]和自然色试验作的*Becky Sharp*[2]。上海不大容易看到欧洲大陆的影片，就是英国的作品也不多，从德国意国来的极少几部，都是宣传的东西，我很希望看一些法国的名制。

有点要伤风的样子，老打喷嚏。

傻瓜，我爱你。

想你想得我口渴，因此我喝开水；想得我肚皮饿了，alas（相当于“唉”），无东西吃。我愿意做梦和你打架儿，把你吃扁得喊爹爹，我顶希望看你哭。

心里不满足。祝你好。

小三麻子

1　根据俄国著名小说《安娜·卡列尼娜》改编成的同名影片。

2　根据英国作家萨克雷名作《名利场》改编的影片，Becky Sharp是小说的女主人公。

要是世上
只有
我们两个人
多么好

宋：

你把我杀了吧，我越变越不好了。

我想不出你将来会变得怎样，但很知道我自己将来会变得怎样，当我看见一个眼睛似乎很贪馋，走路东张西望，时常踩在人家脚上，嘴里似乎喃喃自语的老头子，我就认识，这就是我。

今天幸亏天气好——不热，有些雨，否则我一定已经死了，最近的将来我一定要生几天病，因为好久不病了。

要是世上只有我们两个人多么好，我一定要把你欺负得哭不出来。

但词四首（借用张荃女史诗韵）

水面花飘水面舟，猖狂一辈少年游。
宁教飞花随水去，莫令插向老人头。
美人汗与花香融，且敞罗衫纳野风。
春去春来都不管，好酒能驻朱颜红。
恼杀枝头间关禽，恼杀一院春光深。
敲碎一树桃李花，莫教历落乱侬心。
陌上花儿缓缓开，天涯游子迟迟回。
只愁来早去亦早，不如日日盼伊来。

我爱宋清如，因为她是那么好。比她更好的人，古时候没有，以后也不会有，现在绝对再找不到，我甘心被她吃瘪。

我吃力得很，祝你非常好，许我和你偎一偎脸颊。

无赖　星期日

你是我心中一天又一天的美好

好友：

我不知道今天是年初五还是一二八。唯一想得出可以说的话便是今天天气很好。

无论说什么话，总觉得很可笑，无非是一些可耻而无味的废话，然而也只有借这个方法，才能打破时间空间拦在我们中间的阻隔，要是想得出一个更好的方法，可以使我们永远在一起，又永远不在一起，那就好了，因为如果单是永远在一起，便尝不到相思的美味了。

我愿把我的灵魂浸入你的灵魂里。你在我脑中的印象一天比一天美好。我说不出话来。

朱

感爱思慕的话
无从诉说，
但愿你好

亲爱的朋友：

今天才回上海，你一日发的信在我去后到，今天才看见，希望你眼皮上的东西已没有了。你真是苦恼子相，要不要我疼你？

已经决定今夜不写信了，可是不写总不成功，在家里，则想写想写总写不出什么话来，除了我爱你。

告诉我谁骂你是滑头，当然也许他也有他的理由，但有人说你是最甜也是最可信赖的好人，你承认不承认？（那个“有人”便是我。）

写信总是那么写不痛快，我真是盼望看见你，就是不说一句话也好。顶好是有五六天样子在一起盘桓，然后再分别。过分的幸福反而不好的，因此我不敢盼望不别的永聚，只要别得不太久远，聚得不太匆促，那么生活也就很可满足了。

生命是全然的浪费，用一个两个钟头写一封无关重要的信，能够邀得心心相印者的善情的读诵，总算是最有意义的事了。

感爱思慕的话是无从诉说的，但愿你好，康健，快乐，有一切福。

朱　八日

几时离家？

星期一，
就在盼望
星期日了

宋：

再过五天是星期日。今天，星期一，中午从厂里出来，就在盼望星期日了。星期日是不会有甚么乐趣的，但希望日子快些过去而已。我真不知道怎样把时间 whileaway（消磨掉），没有一种方法能使自己快乐。看小说也感沉闷，跑出门，不知走到何处去好。歌旧的已唱腻，新的不上口，写信完全不高兴，朋友一个也不要看，无缘无故，想哭也哭不出，好吃的东西一样也没有。星期日最大的希望是身边有钱，走到外面一个人吃一顿中饭，买一大批书回来，再影戏院有好片子映，整下午葬在里面，因为此外似乎没有可以忘却自己的存在的方法。

心里完全是这样的空虚，不知给你说什么话好。明天也许你有信来，但愿你不要因我而不快，我收回一切的话。希望你幸福，接受我不尽的眷慕。

廿一夜

我把
一天当一年过，
等候着你

清如：

我心里很悒郁很悒郁。你的信来了，拿在手里，心微微的痛。读了之后，更懊恼得说不出话来。我已写过两封信，寄在栏杆桥。现在写信，又忘记了你常熟的地址号数，得还家翻了出来才能付寄。心真急，话，今天说了要隔天才能听到，已不痛快。回音，又有得等的。冬天的日子也是这样长。这里，有的是把冷淡当作友谊的“好朋友”。我，没有话说，只念你，像生着病。我心里很悒郁很悒郁。不要失约，好人！我把一天当一年过，等候着你。我不能让你在我身边闪过，我要望着你，拉住你，相信不是在梦里。天！我愿意烧，愿意热烈，愿意做一把火，一下子把生命烧尽。我不能在地窖里喊忍耐，一切是灰色得难受，灰色得难受。死，也要像天雷砸顶那么似的死，火山轰炸那么似的死，终不能让寂寞寸裔我的灵魂，心一点一点地冻成冰。我怕冷。愿你好。如果我不是这样不自由，我将飞到随便什么地方来看你。说不尽的心里的一切。

朱　十九下午

最是黄昏的时候，最想你得厉害

弟弟：

《江苏教育》是江苏省政府教育厅出版的。

今天发薪水，买了一块钱邮票，一本信笺，一札信封。跑书店的结果，只买了两角钱一本薄薄的《六艺》，这是现代派作家们继《文艺风景》《文艺画报》《文饭小品》诸夭折刊物之后的又一个花样儿，编制和文艺画报相同。据我所知道他们本来是预备把《现代》复活的，后来仍改出这个杂拌儿的“综合性刊物”，包括文学、绘画、戏剧、电影等东西。施蛰存现在是不声不响着标点国学珍本丛书，起劲干着的，还是叶灵凤、穆时英、刘呐鸥诸公子，《晨报》（被封禁后现改名《诚报》发行，尚未见过）的《晨曦》便是他们的地盘，常和生活书店一批人寻相骂。

《六艺》等我加批后寄给你看。

在读 Lawrence（劳伦斯）的 *Sons and Lovers*（《儿子与情人》），如题目所表示，其中所写的是母爱与情人爱的冲突。Lawrence 是写实主义的尖端的作家，完全着重于心理分析（再进一步就要钻进牛角尖里去了），而不注意故事，这本书较之

去年所读的他的 *Lady Chatterley's Lover*（《查泰莱夫人的情人》）要好些，因为后者除了几乎给人压抑感的过量的性行为描写外，很干燥而无味，但这本 *Sons and Lovers* 的各个人物的性格剖析，都极精细而生动。

我想不出老读小说有什么意思，但是读什么好呢？

有时我真忙得分不出身来，又想写信，又想做些活，又想看书，又想闭了眼睛沉思，又想在夜之街上徘徊。最是黄昏的时候，最想你得厉害，要是此刻能赶来和你默默相对半点钟而作别，我情愿放弃一切所要做的事。

无尽的离思呵！祝你好！

弟弟

我猜想你近来比较很沉默。

这许多年，
我用生活的
虔诚
崇拜你

昨天，在附近的影戏院里看卓别林，觉得他大是一位诗人。米老鼠的卡通，颇有趣。

今天过得十分冤枉，我以为会得到你的信的，上午还是很高兴。

我想象有那么一天，清如，我们将遇到命定的更远更久长更无希望的离别，甚至于在还不曾见到最后的一面，说一声最后的珍重之前，你就走了，到不曾告诉我知道的一个地方去。你在外面得到新奇和幸福，我则在无变化的环境里维持一个碌碌无奇的地位。那时我相信我已成为一个基督教徒（因我不愿做和尚），度着清净的严肃的虔敬的清教徒的独身生活，不求露头角于世上，一切的朋友，也都已疏远了。

终于有一天你厌倦归来，在欢迎你的人群里，有一个你几乎已不认识了的苍癯的面貌。眼睛，本来是干枯的，现在则发着欢喜的泪光，带着充满感情的沉默前来握你的手。你

起始有些愕然，随即认识了我，我已因过度的欢喜而昏晕了。也许你那时已因人生的不可免而结了婚，有了孩子，但这些全无关系，当我醒来的时候，是有你在我的旁边。我告诉你，这许多年我用生活的虔敬崇拜你，一切的苦难，已因瞬间的愉快而消失了，我已看见你像从梦中醒来。于是我死去，于你眷旧的恋念和一个最后最大的灵魂安静的祝福里。我将从此继续生活着，在你的灵魂里，直至你也死去，那时我已没有再要求生存的理由了。一个可笑罗曼斯的构想吗？

祝福！

朱　廿二下午

想你得很，我没有心思工作

姊姊：

我叫你姊姊你难不难为情？

为着想你得很，我没有心思工作，先写了这封信再说。《鲁滨孙漂流记》真比莎士比亚还难翻，又没趣味又单调，又要一个个字对照着译。

这几天来我也心思很不安定，人倦得睡不醒来，也许是你传染给我的毛病。

昨夜我梦见天上有许多月亮，大的小的圆的缺的，很好看，我叫你看，你却不要看，并且硬要争辩蛾眉月的“蛾”是一种蝎子，我气得想要擂你一顿。

想来想去还是亚当夏娃最快乐，虽然逐出了伊甸园，整个世界都是属于他们的，等到第二代，该隐就要杀亚伯了，因此合理的世界，只能有两个人，不多也不少。

我希望你不要苦，要是你受了委屈，就

向我出出气好了。

昨天在外面荡了一天，一点不快活，我真想吃点真好吃的东西。星期日你是怎样过过的？

要是有那么一个好地方，我们在一起静坐半天多好。每天每天看不见你，真使我心痛。

我待你好。

淡如　十四

（我姓洪，名水，字淡如好不好？）

看不见你，我想哭

澄子：

昨夜想写信写不成功，其实总写不出什么道理来。今晚又很懒，但不写信又似心事不了，仔细一想，我昨天还寄给你过一封信，却似乎已有两三天不写了的样子。

第二次世界大战业已开始，你高不高兴？中国又要有问题了。全国运动会太无聊。明天过去，又是星期日。

还是讲梦吧：某晚我到你家里，你似乎有些神智失常，我们同出去散步ミマス[1]，到一只破庙里，你看见庙里的柱对，便要把头撞上去，我说这庙里一定有邪鬼，连忙把你抱了出来。回来的时候，经过一条河，河里放下几块三角板来，以备乘坐；尖头向

1 这是日文中几个动词的词干，没有具体意义。

前，后部分为两个窄窄的座位，隔在两座位中间的是舵轮滑车等物，可以开驶。我们坐了上去，我一点不懂得怎样开驶，几回险乎两人都翻下水去，你把我大骂。

陆先生说邵先生和钟先生都名士气，我觉得邵先生即使算得是名士也是臭名士，其行径纯乎“海派”，要从他身上找到一点情操是不可能的。钟先生太是个迂儒，但不失为真道学，不过有点学者的狷傲气，人是很真诚不虚伪，二人不可同日语。至如夏先生则比我们天真得多，这种人一辈子不会懂世故。

寂寞得很，看不见你，我想哭。不写了，祝福你。

爱丽儿　四日夜

有人说他很爱你，要吃了你

清如：

在家没趣，只想回上海来。一回到自己独个儿的房间里，觉得这才是我真正的家。其实在我的老家，除了一些“古代的记忆”之外，就没有什么可以称为“我的”的东西；然而三天厌倦的写字楼生活一过，却有点想家起来了。家，我的家，岂不是一个ridiculous（荒谬的、可笑的）的名词。

我常常是厌世的，你的能力也甚小，给我的影响人不多，虽然我已经感谢你，要没你我真不能活。有经验的译人，如果他是中英文两方面都能运用自如的话，一定明白由英译中比由中译英要难得多。原因是，中文句子的构造简单，不难译成简单的英文句子，英文句子的构造复杂，要是老实翻起来，一定是噜苏累赘拖沓纠缠麻烦头痛看不懂，多分是不能译，除非你胆敢删削。——翻译实在是苦痛而无意义的工作，即使翻得好也不是你自己的东西。

我们几时绝交？谁先待谁不好？

愿你好。有人说他很爱你，要吃了你，因此留心一些。

常山赵子龙 十一

如果世上
什么人都没有，
只有你多么好

看完了一本《我与文学》，读了一些Wordsworth（华兹华斯）的诗，只是赶着一个一个字念下去，什么意味都茫然，一切寂寞得很。

研究文学这四个字很可笑，一切的文学理论也全是多事，我以为能和文学发生关系的，只有两种人，一种是创作者，一种是欣赏者，无所谓研究。没有生活经验，便没有作品，在大学里念文学史文学批评某国文学什么什么作法之类的人，都是最没有希望的人，如果考据版本校勘错字或者营稗贩业于文坛之流的都足以称为文学者，或作家，那么莎士比亚、高尔基将称为什么呢？

因为你说过你对于风有好感的话，我希望你能熟读雪莱的《西风歌》，那不也是如同“听见我们自己的呼声”一样吗？

若使我是片你能吹动的枯叶，
若使我是朵与你同飞的流云；
一丝在你威力下喘息着，分有
你浩然之气的波浪，只赶不上
你的自由，啊，不可拘束的大力！
甚至于若使我还在我的稚年，
能做你在天上漫游的侣伴，
以为能跑得比你在天上的
遨游还快，我决不会这样感到
痛切的需要，向你努力祷告：
吹我起来吧，像一丝浪，一片叶，一朵云！
我坠在人生的荆棘上！我流着血！
时光的重担锁住且压着一个
太像你的人：难训，轻捷，而骄傲！
（略改梁遇春译文）

因为要找一本书，在藤篮里拿出了那本 *Modern Short Stories*（《现代短篇小说》），这上面留着你可贵的手泽，有你给包上去的包书纸，其实当初我把它借给你时，应该叫你尽量地在它上面乱涂的，那现在翻起来，一定非常有意味。我以为书本子上确应该乱涂，这是一种很好的习惯，将来偶然翻看，足以引起会心的微笑。买一本新书送人，实在远不及把自己看过的旧书，上面留着自己的手迹的，送人来得更为多情。

当初在之江最后两天的恋别，印象太深刻了，至今追忆起来，还是摧人肺腑，眼睁睁看你去了，灵魂上留着一片空虚，人真像死了一样。实在我不能相信我们友谊的历史还只有三年许，似乎我每次见了你五分钟便别了你一百年似的。

如果世上什么人都没有，只有你多么

好。不，我说，世界如果只有平凉村那么大，那多么好。

叹叹气结束了这封信，我愿你好，因为你是无比的好。

Xzptqrsmnnrrs 9/24

小妹妹：

你那里下雪，我这里可是大晴天。如果你肯来上海，那么我就不来杭州了，我最怕到杭州来的理由是要拜访老师。而且到十五六里，我的钱又要用得差不多了。

我不准你比我大，至少要让我大你一岁或三个月。要是你真比我大，那么我从今后每年长两岁，总会追及你。明天起我就自认廿五岁，到秋天我再变成廿六岁。其实我愿意我的年纪从遇见你以后才正式算起，一九三三年的秋天是我一岁的开始，生日待考，自从我们离别以后，我把每个月算作一年（如果照古老话一日三秋，那是太过分些），如是到现在约已有三十个月，因此我现在已满三十一岁。凡未认识你以前的事，我都愿意把它们编入古代史里去。

你在古时候一定是很笨很不可爱的，

如果我不能
和你在一起，
我宁愿和自己
在一起

这我很能相信，因为否则我将伤心不能和你早些认识。我在古时候有时聪明有时笨，在第十世纪以前我很聪明，十世纪以后笨了起来，十七八世纪以后又比较聪明些，到了现代又变笨了。

我从来不曾爱过一个人像爱你那样的，这是命定的缘法，我相信我并不是不曾见过女孩子。你真爱不爱我呢？你不爱我，我要伤心的，我每天凄凄惶惶的想你。我讨厌和别人在一起，因为如果我不能和你在一起，我宁愿和自己在一起。

暂时搁笔，你笑我傻也随你。愿魔鬼保佑我们，因为他比上帝可爱一些。

伊凡叔父　六日午

*

如果没有你，即使我爱了一百个人，
我的灵魂也仍将永远彷徨着。

肆

爱你，我愿做一把烈火

幸亏世上还有一个你

好姊姊：

今天中午回来，妹妹带着随随便便的神气对我说："你房间里有一封信。"一跳跳到楼上，信并没有，虽然知道受了骗，可是也许被风吹在地上，也许被放在书底下枕头底下抽屉里，仍然作万一之想地空寻了一番，好像你并不是昨天才有信给我的。

说不出来的闷，空虚，灵魂饿得厉害。鬼知道这种罪几时才能受满。

我们廿九、三十两天不作工，廿九是星期例假，三十补革命纪念日假（或者说廿九是革命纪念日，三十补星期例假均可），虽承公司方面的好意，实在也并不十分欢迎，一切事情天晓得！

我把我的灵魂封在这封信里，你去旅行的时候，请把它随身带在口袋里，挈带它同去玩玩，但不许把它失落在路上。

幸亏世上还有一个你。我弱得厉害，你不要鄙夷我。

所有的祝福！

饿鬼　写于没有东西吃的夜里　廿六

想不到你竟会抓住我的心

清如：

一向我从不以离别为一件重大的事，而今却觉得十分异样。说些什么话吧，却也说不出来。

想不到你竟会抓住我的心，你纯良的人！然而我也未尝没有逃避的可能。但我不忍心飞去，当一天你还记着我的时候。

不忙就回去吧？明天给你到西湖里再坐一次划子，去不去告我。回去的话，一定通知我什么钟点，好送你行。你去了之后，不，没有什么。

朱　廿二晨

我爱宋清如

我爱宋清如，风流天下闻；
红颜不爱酒，秀颊易生氛。
冷雨孤山路，凄风苏小坟；
香车安可即，徒此挹清芬。

我爱宋清如，诗名天下闻；
无心谈恋爱，埋首写论文。
夜怕贼来又，晓嫌信到频；
怜余魂梦阻，旦暮仰孤芬。

我爱宋清如，温柔我独云；
三生应存约，一笑忆前盟。
莫道缘逢偶，信知梦有痕；
寸心怀夙好，常艺瓣香芬。

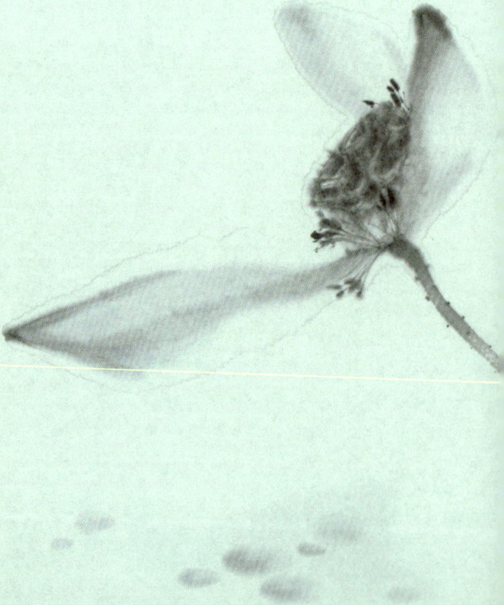

告诉你，我爱宋清如

好友：

今天宋清如仍旧不给信我，我很怨，但是不想骂她，因为没有骂她的理由，而且我也不是女人。宋清如好像是女人，你是不是女人我有些莫名其妙。

今天中饭气得吃了三碗，肚子胀得很，放了工还要去狠狠吃东西，谁教宋清如不给信我？

我告诉你我爱宋清如，随你说我肉麻，说我无聊，说我臭，说我是猪猡驴子猢狲夜叉小鬼都不相干。

这两天有一张非看不可的电影，因此虽然有种种不方便，昨天终于偷偷地去看了，LONDON FILMS（伦敦影片公司）出品，RENE CLAIRE（雷纳·克雷尔），剧旨是“没落的旧浪漫主义对于新兴的俗恶的现实主义的嘲笑”，这句话抽象不抽象？片名是《鬼往西方》。故事是一个美国商人买了一座鬼祟的苏格兰古堡，整个儿拆卸下来载回美国重新盖造，把那古堡里的鬼也带了去了。纽约的好奇群众热烈地欢迎这个鬼，新闻记者争着摄影，而商人因此得到

publicity（名声、知名度）。搬来的古堡落成以后，里面装置着摩登的设备，一切的不三不四使这鬼头痛……我没有讲完这故事，后半部鬼出现的最精彩的部分也是嘲笑最犀利的部分完全给检查会剪去了，以至看下去很有支离之感。可笑的是片中的鬼本来是真的鬼，说明书中说那是剧中主人公的假扮，原是避免不通的检查诸公的注意，因为要是说那是真的鬼，就变作“宣传迷信”，不能开映了，于是大家都上了当，以为那个鬼是假扮的。报上的影评也是这样说，这种人真没有资格上电影院。

高尔基死，鄙人大有独霸世界文坛的希望。

这封信不要给宋清如看。

十九

我疼你，我爱你，我崇拜你

好人：

心烦得想死，可是不再见你一面而死，又有些不甘心。

昨夜梦见汉高祖，他要我把《史记》译为英文，费了整天工夫，我把《史记菁华录》上的《项羽本纪》译完，最后一段译不出，我便对他说可以不用译。我告诉了他两句诗句，他大为得意，连忙召集群臣，大开宴会，席上把这两句诗念了出来，说是自己作的（“年年老我春光里，片片花飞晷异乡”），大家一齐喝彩。我说：“陛下，你忘了，这两句诗是我告诉你的。”他恼羞成怒，便把我的手指头都斫去了。他的女儿因为她父亲太残忍，和我商量把他杀死而一同逃走。未央宫前有一条黑水河，河里荡着一只不系之舟，我们预备乘黑夜坐这舟到上海租界里去……

我希望我是个乌龟，不痛快的时候把首尾手脚一齐缩进壳里，一切都不管账。

你很可怜，因为你居然会爱我，其实我比蚂蚁还不如。让我忘记一切一切，只记得世上有一个你吧。我疼你，我爱你，我崇拜你。

子路　十

清如：

一辆黄包车载了我回来，敲开了门，向陆师母招呼了一声，便飞奔上楼，放下伞，摔下套鞋，脱下贼腔的帽子，披上青布罩衫，觉得比较像一个人些，肚子里也开始觉得有些饿了，出去吃了六个馒头，回来出了一回神，倒头便睡，心酸而哭。睡到七点钟起来，马马虎虎吃了碗饭，想昏天黑地地睡下去，觉得心事未了的样子，便写信。

想着自己的一副贼腔，真又好气又好笑，你真没有理由要和我要好。你气色很好，我很快活，我总觉得你很美很美。你和我前夜梦中所见的很像，我看了看你的照片（照相馆里拍的那张），心里有点气，人工的修饰把气韵都丧失了，简直不像你。下回如赴照相馆拍照，我劝你拍一张侧面像试试，全侧面的。

我总觉得
你很美
很美

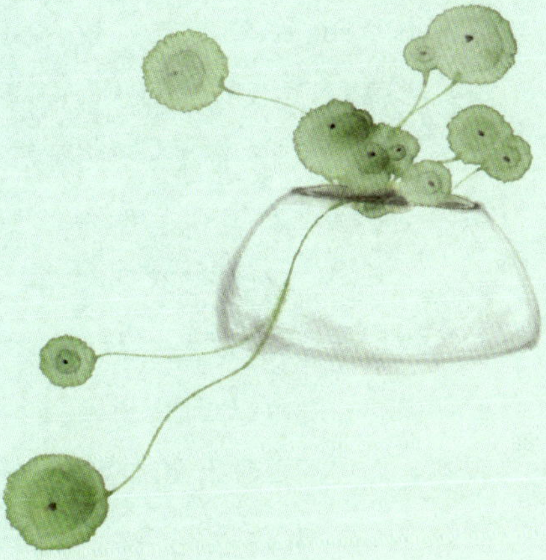

此行使我充满了幸福感，你不要想象我又起了惆怅，即使是惆怅，也是人生稀有的福分，我将永远割舍不了你。近着你会使我惝恍，因此我愿常远远地忆你。如果我们能获得长寿，等我们年老的时候，我愿和你卜邻而居，共度衰倦之暮年，此生之愿足矣！

回家安好且快乐？不要多想起我！祝福。

朱　十六夜

我知道，
我所凝望着的
只是你

挚爱的朋友：

我已写坏了好几张纸了，越是想写，越是不知写什么话好。让我们不要胡思乱想，好好地活着吧。在我的心目中，你永远是那样可爱的，这已然是一个牢不可拔的成见了。无论怎样远隔着，我的心永远跟你在一起，如果没有你，生命对于我将是不可堪的。

我知道寂寞是深植在我们的根性里，然而如果我的生命已因你而蒙到了祝福的话，我希望你也不要想象你是寂寞的，因为我热望在你的心中占到一个最宝贵的位置。我不愿意有一天我们彼此都只化成了一个记忆，因为记忆无论如何美妙，总是已经过去已经疏远了的。你也许会不相信，我常常想象你是多么美好多么可爱，但实际见了你面的时候，你更比我的想象美好得多可爱得多。你不能说我这是说谎，因为如果不然的话，我满可以仅仅想忆你自足，而不必那样渴望着要看见你了。

我很欢喜，“不记得凝望些什么，一天继续着一天”两句话，说得太寂寞了。但我知道，我所凝望着的只是你。

祝好。

朱　十日夜

我欢喜你，
我欢喜你，
我欢喜你

青女：

从前以为年青人谈精神恋爱是世上最肉麻的一回事，后来才知道人世间肉麻事，大有过于此者。放眼观之，几无一事不肉麻，所谓生命也者，便是上帝在不胜肉麻的一瞬间中创造出来的。人要不怕使人肉麻，才能成为大人物；至少也要耐得住肉麻，才能安然活在世上。否则你从早上起身到晚间睡觉之间的几多小时内，一定会肉麻而死的。展开报纸来，自从国际要闻起直至社会新闻报屁股，无论哪一条都是肉麻的文字。除非你一个人关了房门闭起眼睛天不管，否则便不免要看到一切肉麻的事；然而即使一个人关了房门闭起眼睛天不管了，你也会发觉在你的脑中有许多肉麻的思想。

战争在三四月间发动，我私人方面所得的可靠消息也是这样说。我们即使不就此做亡国之遗民，至少总也有希望受到一些在敌人势力下的滋味。

说你是全然的温柔婉约当然有些过分，不过人家所说的浪漫当然也和我所认为的那种浪漫不同。也许别人所斥责的过于浪漫，

我仍然会嫌太温柔也说不定。我们的灵魂都是想飞、想浪漫的，但我们仍然局促在地上，像绵羊一样驯服地听从着命运，你说这不算温柔吗？太浪漫的人是无法在这世上立足的，我们尚能不为举世所共弃，即是因为我们是太温柔了的缘故。

有许多话，但是现在一时说不起来。等想想再说吧。

我欢喜你，我欢喜你，我欢喜你，而且我欢喜你。

朱儿　十二

爱你，我愿做一把烈火

朋友：

今天你也显出你的弱点来了。我还以为你真是“寡情”的，然而寡情的人是应该无爱亦无恨的，那么发狠做什么。

你骂我，我会嬉皮涎脸向你笑；你捶我，虽然鸡肋不足以当尊拳，但你的小拳头估量起来力气也无多，不至于吃不消；你要看我气得呕血，也许我反会快乐得流眼泪。我猜想你一定想念我，否则该已忘了我（已经四五十年不通信了呢，把一天当作三年计算）。我早已对你说过我向你说的是谎话，因此你不该现在才知道。你不要我怜悯，我偏要怜悯你，小宝贝怎么好让你枯死渴死萎死呢？天那么暖，冰冻死是暂时不会的。

一个人只被人家当作淡烟一样看待，想想看也真乏味得很，我倒愿做一把烈火把你烧死了呢。做人如此无聊，令人不高兴写信。

寄奉图画杂志两本，并内附图画数幅，亦小殷勤之类。你如嫌嘴酸，不要骂我也罢，如嫌手痛，不要捶我也罢，如怕自己心痛，不要看我呕血也罢。

老鼠（因不及小猫故名）

我爱你
永远爱不完

好人：

挨过了一个无聊的聚餐，回到斗室剥去衣裳（我不想对你讲究无聊的礼貌，一定衣冠端正而写信），便在纸上写上了好人两个字，这光景正像受了委屈的孩子扑到娘怀里便哇的一声哭起来一样，除了这我也想不出什么安慰自己的办法了。

委屈是并没有什么委屈，不过觉得乏味得很，跟别人在一起的时候，我总是格外厌世的。今晚是本级在上海的同学欢送陈尧圣出国，虽然都是老同学，我却觉得说不出的生疏；坐在那里，尽可能地一言不发，如果别人问我什么，便用最简短的字句回答，能用点头摇头或笑笑代替则以之代替。我总想不出人为什么要讲那些毫无意义毫无必要的“你好”“忙不”“放假了没有”“几时来拜访”“不敢当，请过来玩玩”一类的话。

只有你好像和所有的人完全不同，也许你不会知道，我和你在一起时较之和别人在一起时要活泼得多。与举世绝缘的我，只有你能在我身上引起感应。

《建筑月刊》从最近期定起，计洋五元六角，定单上的“5”字写得不大容易辨认，故再写一笔，免得查问。

我爱你永远爱不完，愿蚊子不要叮你。

朱　廿七

我希望世上有两个宋清如

好：

我希望世上有两个宋清如，我爱第一个宋清如，但和第二个宋清如通着信，我并不爱第二个宋清如，我对第二个宋清如所说的话，意中都是指第一个宋清如，但第一个宋清如甚至不知道我的存在。要你知道我爱你，真是太乏味的事，为什么我不从头开始起就保守秘密呢？

为什么我一想起你来，你总是那么小，小得可以藏在衣袋里？我伸手向衣袋里一摸，衣袋里果然有一个宋清如，不过她已变成一把小刀（你古时候送给我的）。

我很悲伤，因为知道我们死后将不会在一起，你一定到天上去无疑，我却已把灵魂卖给魔鬼了，不知天堂与地狱之间，许不许通信。

我希望悄悄地看见你，不要让你看见

我，因为你不愿意看见我。

我寂寞，我无聊，都是你不好。要是没有你，我不是可以写写意意[1]地自杀了吗？

想来你近来不曾跌过跤？昨天我听见你大叫一声。假的，骗骗你。

愿你好好好好好好好。

米非士都非勒斯　十三

1　上海方言，意为舒舒服服。

我真爱宋清如

昨夜我在梦里大唱其歌，嗓子吊到半天高，被誉为 the world's greatest tenor（世界上最伟大的男高音）。学校开学的第一天，我从头龙头下山吃饭去，遇见宋清如和那位 inevitable（躲避不了的）的某小姐以及另外一位杜撰出来的女士从宿舍里出来，我对宋清如说："瞧你简直像个鬼"。因为她满面孔跌破抓碎，贴满了橡皮膏和布片，面色又黄又老又难看，见了怪教人心疼，禁不住要爱她，这是 love at first sight，中文译为一见倾心，于是我 play the gallant（献殷勤），说："一同吃饭去好不好？"她贼忒嘻嘻地犹豫不定，心里是答应的，但是因为嘴里太干燥，说不出话来。那两位密斯见机说："我们少陪了，让你们去 play donkey（做傻事）吧。"我说大家一块儿去吃饭又有何妨，假使你们小气不肯请客，就各人自会钞也罢。她们说不用客气了，于是带着一副贼腔去了，少不了做个鬼脸，以及笑那种女人特有的笑，那种笑既不是场面上应酬敷衍的笑，也不是衷心发出来的愉快的笑，又不是因为感到发松有趣，胳肢里被 tickle（挠痒）了的笑，乃是一种根本不必笑的笑。你——不是你，我说的是宋清如，真腼腆得可以，大学教育不知教了她些甚么，于是我也只好红红面孔，陪着她慢步金莲地走着，心里只想有机会把她作弄一下，虽则未免太罪过。嘿！这顿饭吃得可真写意，每人坐一张桌子，因为菜蔬太多，一桌子放不下。刚要吃之时，幕布便拉拢了，休息五分钟，我说这种电影我不要看了，于是出去做 the world's greatest tenor，可惜你——她没有福气听我唱，唱到最高的地方，力竭声嘶，变成了猫叫，听众大拍其掌，我觉得非常荣幸。

我有没有告诉你过，有一次我梦见宋清如，她开始是向我笑，笑个不住，后来笑得变成了一副哭脸，最后把眉毛眼睛鼻子嘴巴都笑得变动了位置，最后的最后满面孔都笑得面目模糊了，其次的最后脸孔上只有些楔形文字，这是我平生所看见的最伟大的笑。

我真爱宋清如。

元始天尊

魔鬼
永远爱
天使

天使：

又到了两点钟，真要命，近来要做夜工，把人烦死。算是校订过了两遍，校对过了三次的样子，拿到我手里仍然要改得一塌糊涂，其实偷懒些也不妨事，可是我又不肯马马虎虎。人也总是，白天尤其是上半天总是有气没力的，一过了夜里十点钟，便精神百倍，夜猫的生活虽然也颇有意味，可奈白天不得睡觉何。

每天每天看不到你，这是如何的生活。事实上你已成为我唯一的亲人了，可以寄托我心情的对象，无论是人或艺术、主义、宗教，是一个都没有，除了你。但就是你也不能给我大的启发与鼓奋，一切是虚无的可怕。

我永远爱你。

魔鬼　十二夜

真的爱，
永久是
生着根的

青子：

我觉得我已好久不曾给你写信了。在我看来，昨天和十年之前，全然是一样的事，因为它们一样属于过去。

我不知道如果我们一旦失了接触时，我们会不会和旁人一样疏远冷漠起来，不知道有时你会不会再想到我，也许那时我的印象全然是可笑的也说不定。你以不以为我很有点自私，如果我想永远占有你的友情？因为我不愿意失去你，因为我不愿意失去我自己。说不定也许真有一天我会不欢喜你，当我迷失了自己的时候，那时我希望你肯用一点努力把我拉回来，如果我不曾离开你太远。因为离开了你，我不会有幸福和平安的，你的心里才是我唯一的灵魂的家。这要求确实是过分，你肯不肯允许我？你知道“我不欢喜你”这一件事对于你实际上是毫无损害的，因为你本不曾要我欢喜你，但对于我却有重大的关系，它的意义是一切的绝望苦恼和永久的彷徨。我知道即使我不欢喜你，我不能使我不爱你，因为欢喜不欢喜是心绪的转移，而真的爱，永久是生着根的，因此要是我不欢喜你了，我的灵魂将失去了和谐。

你的信在这时候到。I am veree veree happee（我非常非常快乐）。

贼来你叫不叫起来？你叫起来很好听。很奇怪昨夜我坐在椅子上瞎想（昨夜有人来，去了之后，觉得一个黄昏已经扰去了，索性出去看末一场的《亨利第八》，回来已过十一点钟，又坐了两个钟头才睡），我想象你还是睡在那个小房间里，忽然一个贼进来，于是你叫了起来……

四绝句的第一首第一句“凌云志气竟千秋”似乎有些不称，不要管它；“化得流萤千万只”，“只”字还是改普通一点的“点”字吧，你知道郑天然爱用“只”字，但我不喜欢。你的意思是不是说万斛愁都化为照在陌横头的流萤？第二首较好。

第三首略俚俗一点，但实际上“今日黄泥复白骨，当年同是上坟人”两句还是这四首中最真切感人的句子，我想可以加圈的。“廿载尘缘孰附身”好像不通，我也不甚懂，最好改过，“孰为亲”也不行。第四首可以不要，“夜月不知人事改”二句蹈袭太甚。拟咏怀诗毫无意义。阮嗣宗的诗骚忧沉郁，我极喜欢，你能多读读他也好，在不快活的时候。

我希望我在现在就死，趁你还作得出诗的时候，我要你作诗吊我，当然你不许请别人改的。

我非常之欢喜你，愿你好！

红儿　星期三

*

不要愁老之将至，
你老了一定很可爱。

伍

世上
比你再可爱的人
是没有了

我待你好，不许骂我

宝贝：

要是我的母亲“宝贝、心肝、肉肉、阿肉、阿宝、囡囡、弟弟、阿囡、好囡、乖囡、乖宝、小囡”地叫我，我一定要喊她“不要肉麻”。用一种喊法已够，一连串地叫起来，不亦过甚乎？

我伤心得很。

最好我们逃到一个荒岛上去，我希望死在夕阳中，凝望着你的出神的脸。

世上竟有没出息的男子如小生者乎？我最怕人家对我说两句话，一句话是“不要浪费你的时间，好好努力”，一句话是“年纪不小了，快快结婚”。结婚的成为问题不只单单在于成为一个女人的丈夫，还是兼为她的父母的女婿，她的伯叔的侄婿，她的兄弟姐妹的姐夫妹夫，她的姐夫妹夫的连襟，以及说不清的种种关系，以及她的儿子女儿的父亲，岂不难于上青天乎？

Chief（上司）诚意地要介绍“女朋友”给我，我说不要，因为这种事情太Awkward（尴尬）。

……

我一点学问也没有，学问是可以求得的，我的毛病是我看不起学问。你看怎么办？要我做起文章来，著起书来，一来都不来。我想不出我有什么用处。

唯一的自慰是你并不比我高明。

我待你好，不许骂我。

十六

有的好花是短寿的，但好花不一定都短寿。蔷薇你又写成了“薇薇”。

你顶待我好而且待我顶好是不是？

这封信被刀挖得多么可怜，你疼不疼它？

我待你好，
你也不要
不待我好

好人：

你不懂写信的艺术，像“请你莫怪我，我不肯嫁你”这种句子，怎么可以放在信的开头地方呢？你试想一想，要是我这信偶尔被别人在旁边偷看见了，开头第一句便是这样的话，我要不要难为情？理该是放在中段才是。否则把下面“今天天气真好，春花又将悄悄地红起来”二句搬在头上做帽子，也很好。“今天天气真好，春花又将悄悄地红起来，我没有什么意见”这样的句法，一点意味都没有；但如果说“今天天气真好，春花又将悄悄地红起来，请你莫怪我，我不肯嫁你”，那就是绝妙好辞了。如果你缺少这种 poetical instinct（诗的直觉），至少也得把称呼上的“朱先生”三字改作“好友”，或者肉麻一点就用“孩子”；你瞧“朱先生，请你莫怪我，我不肯嫁你”这样

的话多么刺耳；“好友，请你莫怪我，我不肯嫁你”，就给人一个好像含有不得不苦衷的印象了，虽然本身的意义实无二致；问题并不在“朱先生”或“好友”的称呼上，而是“请你莫怪我……”十个字，根本可以表示无情的拒绝和委婉的推辞两种意味。你该多读读《左传》。

我没有要你介绍女朋友的意思，别把我的话太当真。你的朋友（指我）是怎样一宗宝货你也知道，介绍给人家人家不会感激你的，至于我则当然不会感激你。

我待你好，你也不要不待我好。

虽然你写了
该打手心的文章，
但我仍然很爱你

宝贝：

“自白”怀着兴味地读过了，不知这是你在什么时候做的？我希望你从来不曾把它给什么人看过，因为那确实是很无聊而幼稚的。撇开其中的思想和感情不说，就文字而言，我总觉得你写散文很缺少修炼。这篇东西比之你写给我的那些信，固然在修辞上多用过一点功夫，但口气上太像在演说，音节很短促，语调很重。

为什么你要写这篇东西？

昨晚我去把头发剃掉了，轧了个圆顶，看上去很古怪，今天简直不敢走出去。

虽然你写了这种该打手心的文章，我仍然很爱你。

□□□□

我不许你不许我这样不许我那样

老姊：

来信只有“若说没有写别字的先生，哪来写别字的学生”一句话算是可爱的诡辩，此外似乎很有些缺少 sportsmanship（运动员精神）的样子。

你自己对于自己的批评我是向来不要听的，你说你笨，你坏，你不好，你无情，你凶，都是太恭维了你自己，因为我最佩服这类人，而你则尚不够资格。至于说我给你装饰，那么不知道几时我曾给你涂过脂粉画过眉毛？

你知不知道一句古老的话，太阳底下没有新的事物？我不用再告诉你宇宙是一个大的鸟笼了，你是年青得可怕！

我不许你不许我这样不许我那样。

Lucifer

5×5年5月5×5日5时5×5分

P.S.我的自名为“Lucifer”不过是僭窃名号，聊以自娱而已，但比起你来，确乎我更有做魔鬼的资格，而只好委屈你做天使了。

你寄给我的
只是
一些鬼脸

小姐：

样样事情都不如意，这蹩脚钢笔尖又那么不好写，一个月不知要用多少笔尖。一跑进门，孩子又把我的胶水瓶弄过了，桌子上满是胶水，狠狠地把那已被弄空了的胶水瓶掼碎了。我从来不曾喜欢过孩子，这两个孩子尤其讨厌。总之我像一头受伤的狗，今天的薪水失了望，把剩余的三十几个铜板寄出了这封信，连买糖也买不成了。因此你想你这人好不好，昨天还要寄一封欠资信来，剥削去我财产的一半！如果其中说的是我爱你一类的肉麻话，那么或者明天我还可以整天躺在床上做些粉红色的梦，好像真有了一个爱人的样子；毕竟现实是残酷的，你寄给我的只是一些鬼脸！这象征了人间无爱情，只有一些鬼脸，因此我终将看着鬼脸过此一生了。

把这信寄出之后，预备就做工，明天要做整天的工，晚上想早点睡，使精力充足一些，后天钱到手，便到外头去吃夜饭看影戏，自己请客，到十点钟回家。想想看多惨，一星期做了六十点钟工，把整个的人都做昏了！

可是顶惨的是连半个安慰安慰心灵的爱人都没有，因此要写信也不得不仍旧写给你，虽你是那么不好。

你会不会为我的不幸而落泪呢？愿撒旦保佑你！一个吻。

堂·吉诃德　星期六

清如:

从前我觉得我比你寂寞，现在我觉得你比我更寂寞得多。我很为我们忧虑。

今天下午我试译了两页莎士比亚，还算顺利，不过恐怕终于不过是poor stuff（劣质品）而已。当然预备全部用散文译出，否则将要了我的命。

你天津的事情有没有成功？我觉得教书不甚合你的个性。但也许世上还没有发明出一种为我们所乐就的职业。

不知道我有没有告诉过你？我的大表姐有四个儿子，两个女儿，第四个男孩子是个心地忠厚，但在兄弟行中是最不聪明的一个，今年也怕有十三四岁了。一次被他的最小的妹妹欺负到哭起来，也没有人帮他。我因为是他的“老朋友”，便挈着他到近郊走走安慰安慰他。他一路拭眼泪，一路向我说做人的无趣，谁都不待他好，他说他不高兴读书（因为总是留级），学商也没有趣味，顶好是穿了短衣，赤了脚，做个看牛孩子，整天在田野里游荡，“多么写意！”这些话要是给他母亲听见了，准要说他没出息，一

我欢喜
你给我
取一个名字，
你曾许过我

顿骂，但我觉得一点都不错。

我想不出再要向你说些什么话，我也想不出你有些什么话好对我说，但你无论向我说什么无聊的话，我都一样乐意听的，而且你也不要以为我不肯听你话，因为在世上你是我唯一肯听话的人。不是我现在不再每天给你写信了，因为你不喜欢太多的信。虽然我巴不得一天到晚写信给你，即使单是握着笔，望着白纸，一个字写不出，这么从天亮呆坐到天黑也好，因为这样我可以不想到别的一切，只想着你，只有在想着你的时候我才会感到幸福不曾离弃我。我希望有一天我们将永远在一起，不再分离，即使是在很老很老的时候也好，甚或在死后也好，如果人死后灵魂尚存在的话，不知道这是不是奢望。

一切的祝福！

我欢喜你给我取一个名字，你曾许过我。

你的兄弟　廿一

偷逃出来，
是为了去见你

好友：

今天又是星期日，因为他们要多过一天年假，因此把今天一天作工补偿，其实四天工作，对我已经是够“享乐”的了。

我最讨厌说傻话，最讨厌做蠢事，当我说傻话做蠢事的时候，我便讨厌我自己，然而我老是说傻话，老是做蠢事。因此你如讨厌我，我不会嫌怪你，你如不讨厌我，我则感激你。

我总觉得我缺少男子气概，但又并不像女人，因此只好说自己不像个人。我希望有一天你会把我痛骂一顿而跟我绝了交。告诉我，你追悔不追悔认识我的无聊？

KIPLING（吉卜林）死，他该是代表维多利亚朝精神的最后一个作家了。你有没有在英文的读本上读到过他的作品？

到家里去唯一的希望是多困些觉，此外也想不出甚么消磨时间的方法，我不会有什

么事情忙，也不会去拜甚么客，无聊是总归无聊的。还是那晚上一个人踽踽地从火车上下来，冒雪上山，连路都辨不清，好容易发现了一部黄包车，一跌一滑地在雪中拖着，足足拖了半天工夫才拖到。我向你形容不出我那时的奇怪的愉快，我也忘记了这次来是为看你，简直想在雪中做一次整夜的旅行，那才有聊！无论如何，我总觉得这次来看你较之以前各次使我快乐得多，最大的原因是因为这次是偷逃出来的缘故。回来之后，他们问我回家去有什么要紧事，我只回答一个神秘的微笑，心里有说不出的满足，仿佛一个孩子干了一件有趣的mischief（恶作剧）一样。你看，所以你如要怪我这次不该来，我会大大地懊恼的。

我相信你仍旧喜欢我的，是不是？

我　十九

清如:

你知不知道你是个了不得的人?今天我精神疲乏得很,想不要工作了,不工作又无法度日,影戏又没有什么好看,想去重看《野性的呼声》,因为对它我有非常好的印象【不管它把原著改窜到若何程度,单就影片本身说,清新、乐观,没有其他一切文艺电影的堆砌的伟大,又没有一点恶俗的气味,旷野中的生活是描写得够优美的,对白也非常之好,况且还有 Loretta Young(洛丽泰·扬)的津津欲滴的美貌】,可是抬不起脚来。

睡又不肯睡,因为一睡下去,再起来人便真要像生病的样子,夜里一定得失眠,而且莫想再做什么事。于是发了个狠,铺开纸头,揭开墨水瓶的盖,翻开书,工作;可是自己的心又在反叛自己的意志,想出种种的理由来躲避,诸如头痛啦,眼皮重啦,

世上
比你再可爱的人
是没有了

腰酸啦，没有东西吃啦；幸亏我的意志还算聪明，想出一个法子来哄慰我的心，于是开开抽屉，取出你的尊容来，供在桌子上我的面前，果然精神大振，头也不痛啦，眼皮也不重啦，腰也不酸啦，至于没有东西吃也没有什么关系。现在已把 *Tempest* 第三幕翻好，还剩三分之一的样子，希望在四五天内完全弄好。

总之，世上比你再可爱的人是没有了，我永远感激不尽你待我的种种好处。我希望有一天……不说了。

无数的爱。

朱　二日晚间

不知你有没有回乡下去。

宋：

干么[1]你要问我会不会追悔这次的无聊？你告诉我要怎样才算不无聊。如果你能想到我每天过着这种无聊的生活，如果你能想到我多么想望着逃避，即使是至短的暂时也好，你就不会这样说了。我知道这对你是无聊，我也知道每次你来看我或允许我来看你，都只是因为你顾念我，不忍令我不快的缘故，但你如明白你对于我的意义远甚于我对于你的意义，那么你就不会以你的观点来评衡我的观点了，虽然这也许是我们唯一不同之处。

我不愿说我的“瘦了”是因为思念你的那种可笑的蠢话，但你知道我没有可以变胖的理由，除了接读你的来信之外，没有什么可以真使我高兴的事，也许换一下环境会对我有益，但我并不相信，世界到处都是一样，既瞻望不见向前的路，也没有可以归向

你顾念我，
不忍令我不快

1 同“干吗”。

的地方，我总想不出我们活着是为什么。但下回你看见我时，我允许你不给你以“更瘦了”的印象，倘使你肯不因为“无聊”而不愿让我见你的话。

关于结婚的意见你知道我是完全和你同意的，想来你也不会对我有什么误会。过了三十四十以后，也许我会随随便便地结一次婚，但那时我一定把自己认为已经完全死去，而且那时我们也一定不复是朋友了。我不希望有那一天，因为我还想照着我的理想活下去。无论如何，我现在还算是过着幸福的日子，因为我还享有着你的友情，我不敢往以后想，也不愿我们的关系会发生任何的变化，结婚是一件太不自然的事，至少我相信我是不能使你幸福的。

如果你说你明白我，完全了解我，我将十分感激你，比之你我没有更亲爱的人可以诉说这一切。

话说得完，但意思是诉说不尽的，虔诚的祝福！

朱　十九夜

我知道
我是极无聊
极不好的
家伙

好友：

心里烦得写不出话来，可是又非写不可。我直到此刻都在恼，因为你说了“实在我这人很不好，免得你将来不欢喜我的时候要恨我骂我”的话。如果你提到将来，当然我起誓给你听也是没用的，但你如以为我对于你的友谊的发生是由于一时盲目的好感的驱使，那么你从开始就得拒绝和我做朋友的；你如以为我们的友谊是基于深切的了解，那么你就得信任这段友谊。除非你将来变了样堕落了，那时我为着过去友谊的关系一定要恨你骂你，否则我将没有不欢喜你的理由。至于我们自己好不好是各个人眼光判断的不同。如果你以为自己很不好，也没有不许我以为你很好的理由。而且一个人不该

太把自己看轻，如果你能使一个人倾心相爱，你总有特别使他钦佩的地方，不见得是因为他实在找不到朋友了才要找到你。以我自己说吧，我知道我是极无聊极不好的家伙，然而至少我相信即使我常爱说诳，心性轻浮，而且失去天真的心已沾上人世的污秽，但我对你的一片心总是可以向上帝交代，是真挚而纯洁的，因此当我赢得你的信赖时，我并不因为我不够和你攀朋友而觉得近乎僭越，我决不肯相信将来有一天你会翻脸不认我。如果我欢喜你，为什么我不能欢喜你呢？

语无伦次，余话再说。祝你好，我欢喜你！

你所不欢喜的人　十一

宋：

下星期日（八月二十五日）我到常熟来，好不好快回答我。

今天玩得很经济而实惠。上午往北四川路跑旧书店，第一家找到了一本 Dickens: *Oliver Twist*（狄更斯的《雾都孤儿》）（有插图），一本 Jane Austin: *Pride and Prejudice*（简·奥斯汀的《傲慢与偏见》），要价二元三角，我还一块钱，他摇摇头把书插到架子上去了，我对这两本书并无怎样热情，因此也扬长而去。他们在收买的时候，这一类非教科用的书简直看得连废纸不如。讨价一块两块的书，买进来不过一角两角。其实在提篮桥俄国人那里，一角钱也照样能买到很好的书。上星期五我去买得的一本 Hawthone: *House of the Seven Gables*（霍桑的《带有七个尖角阁的房子》），印刷纸张都很好，插图也精美，如果在那个书商手里，至少也要六角钱才能让你拿到手。第二家无所得。第三家找到一本 Oxford Pocket Classic（牛津袖珍经典）本的英国小品文选，他要三角大洋，索价不算太高，我还价两角小洋，又加至三角小洋，因为他说一定没有还价，我也弃之而去。第四家找到一本 Dauckt: *Sapho*（都德的《萨福》）和一本《拿破仑传》，前者讨价四角大洋，我还四角小洋，就买成功了，后者未买。出来在一家饮冰室坐下，两角小洋的冰激凌，分量多得令人吓了一跳。下午两角钱看了一本歌舞影片，我对于老是那一套的歌舞片子并无多大兴趣，但如有 Ruby Keeler（茹碧·凯勒）在里面的总不自禁地要去看一下。她并不是一个了不得的演员，但确是一个 darling（宝贝），在我的味觉上觉得银幕上没有比她更甜的人，尤其是她说话的音调，孩子气得可爱而异常悦耳。

一个人的趣味要变化起来真没办法，现在我简直不要看诗。大概一个人少年时是诗人，中年时是小说家，老年时是散文家，这并不指一定有所写作的而言。

我算是死了心，你肯不肯给信我都随你便，寂寞的人是不应该找人说话的。祝好。

猪八戒　十八

只有寂寞最自由

老弟：

昨夜我简直想怨命，开始是因为今天明天有两天假放，日子无法过去，后来是怨恨你，我说我一定要变成恶鬼和你缠绕，世上没有比你更可恨的人。

顶不好的就是那种说着不确定的话的人，今天任小鬼说“或许”来看我，你想我能欢迎他吗？既不决定，对我说什么，自然啦我不能出去，因为一出去他来了，那是我的不好；然而不出去他不来，他却不负责任，还有比这种更不公平的事吗？你也哄过我不少次了。其实你决不会来看我的，何必说那种来看你不来看你的话呢。不给人希望也不给人失望，这是fair play（公平比赛），给了人希望再叫人失望，这不是明明作弄人？总之是太少诚意，今后我先预答你一句：“我永不愿你来看我”，这样可以免

得你找寻别的理由。

脸孔简直不像人，我也实实在在怕得看见人，让大家忘了我，我也忘了大家吧，讨厌的还要回到家里去。只有寂寞最自由。

你说过你希望将来，因此我希望你将来能到我坟墓上看我。

什么都欺负人，二三十家电影院连一张好片子都没有，日子怎么过去！啊啊。

永远爱你，尽管你那样不好。

朱　廿九

回答我几个问题

回答我几个问题：
我与小猫哪个好？
我与宋清如哪个好？
我与一切哪个好？
如果你回答我比小猫比宋清如比一切好，
那么我以后将不写信给你。
我要不要认得你？
小猫要不要认得你？
小猫要不要认得我？
说起来很惭愧昨夜我做梦
梦里我总是英雄而且比醒的时候多情得多
因为英雄自古必多情
醒时不过是阿Q的兄弟阿R
自然只好不多情了
想想看多么好笑
我不给你信
你就会干死枯死
那么我即使不爱你也只得爱你了
好
后天晚上同你捷克斯拉夫京城里看电影去

还有话，留着

好友：

真不开心，老是那么的那么的，乖乖的好起来了吧，以后就是要生病，也分点给我生生吧，不要太小气。没气力多休息休息，功课马虎点没有关系。

你妒忌不妒忌都好，总之我用不到你也已经和她相熟了，而且要好得一塌糊涂，她是个挺好的（比我还好），你不能冤枉她，要是我告诉你我怎样爱她法，你如不妒忌便会气破肚子，如妒忌一定会变成大皮球满地滚。

你生肖属凤凰，我知道。否则属风，属星星，属月亮，你还没有资格属太阳，虽则我常唱*'O Sole Mio*（《我的太阳》）!想着你，因为你一点不健康。

还有话，留着。愿你不要病，上帝也不允许的。

路易十六　十日

但愿来生我们终日在一起，
每天每天从早晨口角到夜深，
恨不得大家走开。

陆

我愿意舍弃一切，以想念你终此一生

昨天上午安乐园冰激凌上市，可是下午便变成秋天，风吹得怪凉快的。今天上午，简直又变成冬天了。太容易生毛病，愿你保重。

昨夜梦见你、郑天然、郑瑞芬等，像是从前同学时的光景，情形记不清楚，但今天对人生很满意。

我希望你永远待我好，因此我愿意自己努力学好，但如果终于学不好，你会不会原谅我？对自己我是太失望了。

不要愁老之将至，你老了一定很可爱。而且，假如你老了十岁，我当然也同样老了十岁，世界也老了十岁，上帝也老了十岁，一切都是一样。

我愿意舍弃一切，以想念你终此一生。

所有的恋慕。

蚯蚓　九日

我愿意
舍弃一切，
以想念你
终此一生

你如不爱我，我一定要哭

小亲亲：

昨夜写了一封信，因天冷不跑出去寄，今天因为觉得那信写得……呃，这个……那个……呢？有点……呃，所以，……所以扣留不发。

天好像是很冷是不是？你有没有吱吱叫？

（此处信中有缺失……）

因为……虽则……但是……所以……然而……于是……哈哈哈！

做人顶好不要发表任何意见，是不是？

我不懂你为什么要……你猜要什么？

有人喜欢说这样的话，“今天天气好像似乎有点不大十分很热”，“他们两口子好像似乎颇颇有点不大十分很要好似的的样子”。

你如不爱我，我一定要哭。你总不肯陪我玩。

小瘌瘌头　三月二日

好人：

好像很倒霉的样子，今天一个下午头痛，到现在，嘴里唱唱的时候忘记了痛，以为是好了，一停嘴又痛了起来。顶倒霉的是，你的信昨夜没有藏好，不知一放放在什么地方，再找不到，怨极了，想死。

弱者自杀，更弱者笑自杀者为弱者。

总之，我待你好。心里很委屈，不多写，祝你好。

伤心的保罗　十一夜

我将更爱你了，
为着
这两晚的辛苦

无比的好人：

我是怎样欢喜，一个人只要有耐心，不失望，终会胜利的。找了两个黄昏，徒然地翻了一次又一次的抽屉，夜里睡也睡不着，我是失去了我的宝贝。今天早晨在床上，想啊想，想出了一个可能的所在，马上起来找，万一的尝试而已，却果然找到了，找到了！我知道我不会把它丢了的，怎么可以把它丢了呢？

我将更爱你了，为着这两晚的辛苦。

房间墙壁昨天粉刷过，换了奶油色。我

告诉你我的房间是怎样的。可以放两张小床和一张书桌，当然还得留一点走路的空隙，是那么的大小，比之普通亭子间是略为大些。陈设很简单，只一书桌、一armchair（扶手椅）、一小眠床（已破了勉强支持着用）。书，一部分线装的包起来塞在床底下，一部分放在藤篮里，其余的堆在桌子上；一只箱子在床底下，几件小行李在床的横头。书桌临窗面墙，床在它的对面。推开门，左手的墙上两个镜框，里面是任铭善写的小字野菊诗三十律。向右旋转，书桌一边的墙上参差地挂着三张图画。一张是中国人摹绘的法国哥朗的图画，一个裸女以手承飞溅的泉水，一张是翻印的中国画，一张是近人的水彩风景，因为题目是贵乡的水景，故挂在那里，其实不过是普通的江南景色而已。坐在书桌前，正对面另有雪莱的像、题名为《镜吻》的西洋画，和三个小的嘉宝的照相镜框。再转过身，窗的右面，又是一张彩色的西洋画，印得非常精美。这些图画，都是从画报杂志上剪下来的。床一面的墙上，是两个镜框，一个里面有几张友人的照片，题着 *Old Familiar Faces*（熟悉的老面孔），取自 Charles Lamb（查尔斯·兰姆）的诗句；另一个里面是几张诗社的照片，题着 *Paradise Lost*（《失乐园》），借用 John Milton（约翰·弥尔顿）的书名。你和振弟的照片，则放在案头。桌上的书，分为三组，一组是外国书，几乎全部是诗，总集有一本 *Century Readings in English Literature*（《世纪英国文学读本》）、一本《世界诗选》、一本《金库》、一本《近代英美诗选》，别集有莎士比亚、济慈、伊利沙伯·白朗宁、雪莱、华茨渥斯、丁尼孙、斯文朋等，外加《圣经》一本。一组是少少几本中国书，陶诗、庄子、大乘百法明门论、白石词、玉田词、西青散记、儒门法语。除了陶、庄之外，都是别人见赠的，放着以为纪念，并不是真想

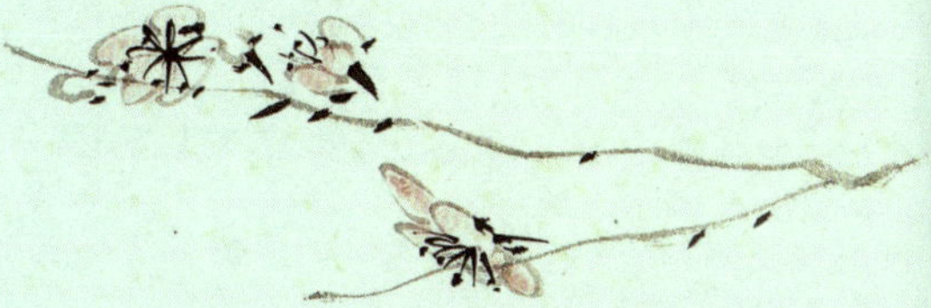

看。外加屠格涅夫、高尔基和茅盾的《子夜》（看过没有？没看过我送你）。第三组是杂志画报：《文学季刊》《文学月刊》《现代》、*Cosmopolitan*（《世界》）、*Screen Romances*（《银幕故事》）、《良友》《万象》《时代电影》等。杂志我买得很多，大概都是软性的，而且有图画的，不值得保存的，把好的图画剪下后，随手丢弃；另外是歌曲集，有外国名歌、中国歌、创作乐曲、电影歌等和流行的单张外国歌曲。桌上有日历、墨水瓶、茶杯和热水瓶。

你好？不病了吧？我怎样想看看你啊！

快乐的亨利　十三

没有一刻我不想你

好人：

今晚为了想一句句子的译法，苦想了一个半钟头，成绩太可怜，《威尼斯商人》到现在还不过译好四分之一，一定得好好赶下去。我现在不希望开战，因为我不希望生活中有任何变化，能够心如止水，我这工作才有完成的可能。

日子总是过得太快又太慢，快得使人着急，慢得又使人心焦。

你好不好？

不要以为我不想你了，没有一刻我不想你。假使世界上谁都不喜欢你了，我仍然是欢喜你的。

你愿不愿向我祷求安慰，因为你是我唯一的孩子！

Shylock　廿四夜

我一天
想你到夜，
我不愿
不想你

二哥：

我写不出信，真要命，你教我写些什么话。

简直没办法，想什么地方抄一点写写，又没有抄处，否则真不必自讨苦吃硬要写信，可是不写信我又怎么睡得着。

我一天想你到夜，我不愿不想你，一定要想你，你真可爱可爱。信怎样写呢？

我真是那么痴望着看见你，永远是那么渴着，像一个渴慕太阳的红人。

要是此刻看见你，我将要怎样贪婪地注视着你哩。还能够一同到云栖等处走走吗？

我想念你，似乎我生命中只有这几个字，我想念你想念你你你。

几时能看见你？无可奈何地祝你好，信等于不曾写，你不要憎嫌我。

朱

宋:

风雨如晦，天地失色，我心寂寞，盖欲哭焉。今天虽然盼得你的信，可是读了等于不读，反而更觉肚子饿，连信封才七十字耳，吝啬哉!

不知你玩得算不算畅快？鲰生无福，未能追随芳躅，惟有望墨水壶而长叹而已。

本来我也可以今天乘天凉回家去一次，但一则因为提不起兴致，二则因为钱已差不多用完，薪水要下星期一才有，因此不去，下星期已说定要去，大概不得不去，并非真想去。狗窝一样的亭子间，虽然我对它毫无爱情，只有憎恶，但在这世上似乎是我唯一不感到陌生的地方。

如果你要为我祝福，祝我每夜做一个好梦吧，让每一个梦里有一个你。如果现实的缺憾可以借做梦来弥补一下，也许我可以不致厌世。

愿你好。

X　四日

祝我每夜做
一个好梦吧，
让每一个梦里
有一个你

期待着来生，因为我爱你得厉害

昨夜醒来听雨，一阵朦胧之后，重又做起梦来，大凡清晨的梦总是更纷乱，我也不大记得起来了。记得我是睡着，梦魇了，一样东西打胸口上压下来，喊，喊不出，一只脚还竖起着，要伸直都不可能，这原是常有的现象。于是我觉得一些人走了进来，姑母说，你看他这么好睡，要来揭被，我全知道，我在十分梦魇，他们说什么做什么我都知道，无奈撑不起身来。终于醒了转来，我说你们做什么我都知道，我说我在睡着的时候什么事情都知道，如果今晚这窗前月亮亮，我睡着也可以看见。仿佛我的眼睛盲了。仿佛我忽然想要问你一句话，我死了之后，你肯为我流泪不？仿佛我真要死了。我说，如果我们是生在不科学的时代，或者可以相信灵魂不灭，而期待着来生，但现在是什么都完结了，我不愿意死，因为我爱你得那么厉害。仿佛我读到你的同平常一样的亲切的信，但不是在我将死的状态中了，我要写回信——于是我写了这些。

七日一星期这种制度实在不大好，最好工作六星期，休息一星期，否则时间过去得太快，星期三觉得一星期才开始，星期四就觉得一星期又快完了，连透口气儿的工夫都没有，稍为偷了一下懒，一大段的时间早已飞了去。

七日制很不好

不过这不是感慨，因为随便怎样都好，在我总是一样。

《皆大欢喜》至今搁着未抄，因为对译文太不满意；《第十二夜》还不曾译完一幕，因为太难，在缺少兴致的情形中，先把《暴风雨》重抄。有一个问题很缠得人头痛的就是“你”和“您”这两个字。You相当于“您”，thou，thee等相当于“你”但thou，thee虽可一律译成“你”，you却不能全译作“您”，事情就是为难在这地方。

预定《罗密“奥”与朱丽叶》在七月中

动手，而《罗密“欧”与朱丽叶》不久就要在舞台上演出，我想不一定有参考的必要，他们的演出大抵要把电影大抄而特抄。

在等候着放假了吧？放假这两个字现在对我已毫无诱惑。

我想你幸而是个女人，可以把“假如我是个男人……”的话来自骗，倘使你真是个男人，就会觉得滋味也不过如此。世上只有两种人，神气的人和吃瘪的人，神气的人总归是神气，吃瘪的人总归是吃瘪。

阿弥陀佛！

我真想死了干净，做傻子太没趣。

放开喉咙喊一阵，倒是很痛快。

你如肯把我的信全部丢了，我一定很感谢你，免得丑话长留，已经写出的信再要向人讨还，那种是不男子气的举动，我不会的。你的信我也不会藏之名山，等我们友谊破裂的时候，我会把它们一起毁掉，要是我们到死都是好朋友，那么我将在临死前叫他们当我面把它们烧了。

人生渺茫得很，不知几时走完这段寂寞的路。一颗血淋淋的心强装着笑脸。

我们彼此走各人的路，总有一天会越走越离越远的吧？就是将来彼此成了陌生人也是可能的事，你说是不是？

我真是像卓别林所描写的那类人物，那个寂寞的影子使我非常忧郁。

到家安好？愿你有一切的快乐和幸福。虔诚地为你祷祝。

我是你的可有可无的朋友

愿你
有一切的
快乐和幸福

愿你有
一切的快乐，
我是你的

宋：

信不知怎样写法。有时我常惭愧我自己，也会觉得我不配做你的朋友，有时。

我本来不算生病，人照常好。我想我并不太苦，也许有点太幸福，我想。

在这世上，比宋再好的人，我想是没有了。

今天不放假也好。天仍是阴，心里仍是闷。但无论如何，我算在友情里（可不可以说你的？）找到了活在世上的意义，寂寞实在是够人耐的。让我永远想望那一点天外的星光过活，纵便看不见他，在梦里我要给他无数吻。

我们人类的感觉，许多是在自己的感觉里夸张了的，我们正也需要这类的夸张。

愿你有一切的快乐，我是你的。

朋友　五日

阿姊：

天冷得很呢，你冷不冷？

做人真是那么苦，又真是那么甜，令人想望任性纵乐的生涯，又令人想望死想望安息。从机械的日程中偷逃出来的两天梦幻的生活，令人不敢相信是真实，我总好像以为你不是真存在于世上，而是一个虚构的人物，我所想象出来以安慰我自己的。世界是多么荒凉，如果没有你。

今天我有点忧郁，我以你的思忆祛去一切不幸的感觉。

祝你一切的好，以我所有对你的虔敬、恋慕、眷爱和珍怜。

爱丽儿 十七夜

世界是
多么荒凉，
如果没有你

愿你无限好

清如：

真的我忘了问你，为着多说闲话的缘故，你生的那东西完全消退了没有？

居然还有人约我游虞山去，即使有这兴致，你想我会不会去？除非去跳崖（那倒是一个理想，不让什么人知道，也不让你知道，等你回到家乡的时候，你想不到我的幽魂就在离你咫尺之间），否则倘你不在常熟，我怎么也不会到那里去的，虽然即使你在家，我还会不会再来也成为问题，即使我愿意来，你敢不敢劳驾我当然更成为问题。总之我和虞山的缘分，正像和你的一样悭，将来也只有在梦想中再作寂寞之孤游而已。

肯不肯仍旧称我为朋友？你的冷酷的语调给了我太凄惨的恶梦，我宁愿你咒我吐血。虽然蒙你说过你爱朱朱的话，我是不愿把你一时激动的话当作真实的，只要你不怕我，像怕一切人一样，我就满足了。

嫌不嫌我絮渎[1]？

愿你无限好。

1 应为“絮叨”。

愿我
亲爱的朋友
与世无争，
自得其乐

清如：

假使你再跟我多接触一点，那么我仍然会变成你所鄙弃之群中的一个，这话你相不相信。我实在是个坏人，但作为你的朋友的我，却确实是努力着学做好人，我很满足，因为这努力已获得极大的报酬，可以死无遗憾的了。

说起来有些那个，每回接到你信，虽是很快活，但也有些害怕，生怕你说嗔怪我的话。我太不天真，心里有太多的尘埃，话如果不经滤过而说出来，有时会使自己回想起来很难为情，到那时候，也只好涎着脸说“说过的话不算”而已。人要是不能原谅，那么世间将无一个可以称为好朋友的人，如果不是相信你能忽视我的愚蠢可笑的地方，我一定永远不愿意看见你，因为见了你我将无地自容。

以前我最大的野心，便是想成为你的好朋友，现在我的野心便是希望这样的友谊能继续到死时（把这称为野心，我想是一点也不过分），同时我希望自己能变好一些，使你更欢喜我。

人总是那么一种动物，你无论到哪里

总脱离不了可厌的诸相，少理会理会他们就是。厌恶是不必，因为你厌恶了人，人也要厌恶你，但你如不理会人，那么人也不理会你，这就很清静了。骂女同学不值三角三的人，其实原来他不会如此无礼，都是因为他在人眼中自身也不值三角三之故，因此这算不得是侮辱，只能说是阿Q式的复仇。

和异性相处，最好的方法，便是不要过立崖岸，稍为跟他们随和一些，但不要太狎近。有许多女同学遭人嫉骂，都是因为过于矜持，不大方之故。在男女同学的环境中，太装出不屑为伍的神气，的确是足以令人难堪的（当然不屑为伍也许有不屑为伍的理由，但人总是昧于责己，只知道你神气，而不知道反察自身）。我在之江读了四年书，同班的女生，也有到最后一学期，路上相遇如不相识的，这种人我总不知道为什么要到有男人的学校里来念书。男人有时确是很下流，但这是因为他们从未学得尊重女性之故，在他们的经验中，只以为女子是另外一种人类，要把这种思想打翻，男女同学的学校实在是一个最适宜的改造观念的场所，但因为女子一方面的性格上的消极性质，在学问上少合作，课外活动方面不和男生竞争，学校当局则务为不彻底的防闲，对于正规的异性间友谊不加以奖励（他们都以为这些青年们是挺会交朋友的，其实有些只会瞎谈谈恋爱，有些非常面嫩，而有些则对于异性有着成见的憎恶），这些都足以阻碍双方理解的成立，而使男女同学一句话成为虚名，甚至只有坏处而无好处。我以为比如说在之江一类学校里毕业了出来，如果是男子，那么不曾交到一个女朋友还不算奇怪，因为女同学人数少，在较少人数中选择一个朋友，机会是要少些，但如果是一个女学生，那么至少也得有两三个以上的男朋友（不是说谈恋爱的人），因为两三百男子中，说是没有人配作她的朋友，这样的女子未免自视太高一些。不过这样的话，在目前是谈不到，男女间差异过大，隔膜太深，在客观环境未更变以前，他们间的关系还只能以恋爱结婚为限，这是无可如何的。我们当然都是理想主义者，也许在旁人眼中是可笑的也说不定。

读了生物学之后，你会知道所谓两性这

一问题是如何一种悲剧。人类间的异性爱能从盲目的本能变成感情的交响，再从单纯的感情经过理智的洗练，因是创造出一种完全不同的事物出来，不能不说是绝大的进步。现今人类还不能不忍受许多生物学上定则的束缚，但几千年后，借着科学的能力，也许关于人类的生存和生殖两个问题有着另一的方式，而男女性将变为仅仅是精神上的区别，以彼此的交互影响提高文化的标准，这未不便是梦想，但那时人类当已进化到另一种阶段！

又是胡说。此刻我要出去，暂时不写了。

愿我亲爱的朋友与世无争，自得其乐。做人只有两种取乐之道，一种是忘我，忘了“我”，则一切世间加于“我”的烦恼苦痛皆忘！一种是忘人，忘了“人”，则一切世间的烦恼苦痛皆加不到我身上。

朱朱　三日

*

我想要在茅亭里看雨、
假山边看蚂蚁、
看蝴蝶恋爱……
看宋清如甜甜地睡觉。

柒

我灵魂，
不曾有一天
离开过你

好：

谢谢你给我一个等待。做人最好常在等待中，须是一个辽远的期望，不给你到达最后的终点，但一天比一天更接近这目标，永远是渴望，不实现也不摧毁，每天发现新的欢喜，是鼓舞而不是完全的满足。顶好是一切希望完全化为事实，在生命终了前的一秒钟中。

我仍是幸福的，我永远是幸福的。世间的苦不算甚么，你看我灵魂不曾有一天离开过你。

祝福你！

朱 十五下午

我灵魂
不曾有一天
离开过你

如果没有你，
即使
爱了一百个人
灵魂
也是彷徨的

心爱：

昨夜梦你又来了，而且你哭。你为什么哭呢？是不是因为我们的交好使你感觉不幸？是不是因为我太不好？还是不为什么？

你是太好了，没有人该受到我更深的感激。开始我觉得你有些不够我的理想，你太瘦小了，我的理想是应该颀长的；你太温柔婉约了，我的理想是应该豪放浪漫的。但不久你便把我的理想击为粉碎，现实的你是比我的空虚的理想美得多可爱得多。在你深沉而谦卑的目光下，我更乐意成为你的臣仆，较之在一切骄傲而浮华的俗艳之前。我明白我们在这世上应该找寻的是自己，不是自己以外的人，因为只有自己才能明白自己，谅解自己，我找到了你，便像是找到了我真的自己。如果没有你，即使我爱了一百个人，或有一百个人爱我，我的灵魂也仍将永远彷徨着，因为只有你才是属于我的 type（类型），你是 unique（独一无二）的。我将永远永远多么的多么的欢喜你。

梦中得过四句诗，两句再也记不起来，那两句是“剧怜星月凄凄色，又照纤纤行步

声”，很像我早期所作的鬼诗。

《孟加拉枪骑兵传》已在大光明卖了一星期满座，尚在继续演映中；《罪与罚》则如一般只供高级鉴赏者观看的影片一样，昨天已经悄悄地映完了，只有报纸的批评上瞎称赞了一阵，为着原作者和导演人冯史登堡的两尊偶像的缘故。在我看来，它还不能达到理想的地步，虽仍不失为本季中最值得注意的一个作品。除了演员的表演而外，你有没有注意到本片构图和摄影的匠心？

再谈，祝你好。伤风有没有好？做不做夜工？珍摄千万！

九日

下星期尾
我来看你，
你允不允许我？

好友：

诗一首呈教。

下星期尾我来看你，你允不允许我？本星期尾要回家去。

不用再告诉你我是多么想你。做人是整个儿的无聊，也不知你把日子怎样挨过去。

我待你好，待你好，你好，好。

太保阿书

所谓爱尽是对影子的追求

清如:

气好了吧？即使不是向我生气我也很怕。什么委屈大概你不肯向我说，虽我很愿知道。我心里很苦，很抑郁，很气而不知要气谁，很委屈而不知委屈从何而来，很寂寞，生活的孤独并非寂寞，而灵魂的孤独无助才是寂寞。我很懂得，寂寞之来，有时会因与最好的朋友相对而加甚。

实际人与他朋友之间，即使是最知己的，也隔有甚遥的途程，最多只能如日月之相望，而要走到月亮里去总不可能，因为在稀薄的大气之外，还隔着一层真空。所以一切的友谊都是徒劳的，至多只能与人由感觉而生的相当的安慰，但这安慰远非实际的，所谓爱尽是对影子的追求，而根本并无此物。人间的荒漠是具有必然性的，只有苦于感情的人才不能不持憧憬而生存。

愿你快乐，虽我的祝福也许是无力而无用的。

汝友

不要哭，我仍旧欢喜你的

宋：

我想用一个肉天下之大麻的称呼称呼你，让你腻到呕出来，怎样？

你老是说不通的话，我不知道你把我的思想和精神怎样抱法？其实我是根本没有思想也没有精神的。

你的诗写得一天比一天没希望，如果真要做诗人，非得多发发呆，弄到身体只重五十磅为止不可。我承认你现在还是相当呆的，因此还能哼几句，像我因为很聪明，所以就写不起来了。

我很满足人生，你说你怕看见我也不能使我伤心。

昨天吃了很多冰激凌。

此间需要小编辑一位，须中英文皆能过得去而相当聪明者，月薪至多五十，至少五十，你们班里如有走投无路的此项人才，可来一试。

不要哭，我仍旧欢喜你的，心肝！

廿七

我悄悄儿
跟你说，
我仍旧爱你

昨天上午八时起身，到四马路去，在河南路看见原来摆的那个旧书摊头已经扩大了地盘，正式成立一个旧书店的样子。买了一本 Macauly（麦考莱）的论文集，一本 Hazlit（赫兹里特）的小品文集和一本美国版集合本的 *Hamlet*，一共一块两毛半。杂志公司里买了《文摘》《月报》，商务新近出版的文学什么，《戏剧时代》《新诗》《宇宙风》《译文》等六七种杂志，是寄给郑祥鼎的。杏花楼吃了两只叉烧饱（平声）、两只奶油饱、一碗茶，以当早餐，不过两角钱，颇惬意。这样回来吃中饭。因为是国耻纪念，故不去看影戏（其实我近来星期日总不看影戏，看影戏常在星期一夜里，因为这样可免拥挤）以志悲哀。在房间里抄稿子，傍晚出去。我说即使我有爱人在上海，人家那样并肩漫步的幸福我也享受不到，因为一到上海来，我已经完全没有了走慢步的习惯，即使是无目的的散步，也像赛跑似的走着，常常碰痛了人家的脚。买了四条冰棒回家吃了。一个下午及一个晚上，抄了一万多字，然后看一小时杂志，两点钟睡

觉。斯乃又一个星期日。

我觉得星期日不该去玩，方可以细细领略星期日的滋味，尤其应当一个人关在房间里。但星期六晚上应当有玩一个整夜的必要。

你的诗，仍旧是这种话儿，这种调子，这种字眼，蔷薇、星月、娇鸟、命运的律、灵魂的担子，殊有彻底转变一下的必要。

我悄悄儿跟你说，我仍旧爱你。

清如：

你说话很可怪，好像以为我是无所不怪似的，你不来看我我也要怪你，你来看我我也要怪你。如果我真是这样，那么你这人岂不难做得很。

毕业论文这时就要担心起来，很像个好学生。这题目容易不过，二十天便可以完成：

第一天：看较详尽的文学史，获得轮廓（如已知道，则这一天可以白相）。

三十分钟

第二天：搜集主要的参考书（不须过多，遇疑惑有问题时才再去找别的书），包括：

1.关于此题之重要论著

2.各家传记

3.文集

一点半钟

第三、四、五天：略览各书。

愿蚊子
不要咬你，
咬我

每天四小时

第六天：拟制详细大纲，大概分四部分：

一点钟

1.叙论（历史的背景，二派产生以前及当时的文坛状况，二派之主要标榜等）。

三千字

2.分论（各论二派之渊源流变，代表作家作品及其影响等）。

六千字

3.合论（比较二派之得失短长异同之处）。

四千字

4.批评（用现代的眼光评论二派之主张及其在文学史上之意义等）。

二千字

第七天：休息，远足至龙井品茗。

第八至十四天：按大纲写论文（每日工作三小时，约写二千五百字）。

第十五天：复阅补漏。

五小时

第十六至十八天：托人誊清，自己休息，以每日写五千字计，三日完工。两份可请两人写。甲抄上半篇时乙抄下半篇。

第十九天：作最后之审阅，交卷。

第二十天：西爽斋请客表示庆祝。

这样还是认真的办法，叫我弄起来，那么省去了打草稿的时间，一路看书，一路定大纲，一路写下去，一星期也够了。

如果我想吃你，你肯不肯给我吃呢?

愿蚊子不要咬你，咬我。

一日

一接到你的信，我便精神百倍，什么都有了兴致。我不知道为什么你会是这样好的。

你实在太好，你简直不是女人

宋：

你不来信，很可恨。

三首贺新凉词，做是做得很吃力，越看越不像样，简直是狗屁不通，你劝我以后不要妄想做诗人了好不好？

彭重熙称赞你很安分守己，我倒希望你惹是招非。

你实在太好，你简直不是女人。

否则此刻我在杭州了，虽则也许你还不曾知道。总之是你不好，明天等待着我的仍然是一整天的空虚。

矮小的中国女子，穿着西式晚礼服，很不好看。

圣灵赐给你满心的喜悦，愿你仍旧待我好。

朱

浅薄的人，人家的仆役和狗，是世界上最神气的三种动物。

星期六之夜

初到上海来的时候，很有心学做一个 gentleman，可是终于很快地回复到 vagabond（浪子）的路上。根性如此落拓，即使有一百个妻子拘管着我，我也不会变成gentleman的。

星期日晨自叹

长者们逼我快娶亲，你肯不肯嫁我？

好人：

你初八的信于今天读到。

如果要读书，倘使目的是为趣味，那么可以读读子书、笔记和唐宋以后的诗词、英文的小说戏曲；倘使要使自己不落伍，则读些社会科学的书，但不必成为社会主义者。

回家很没趣味。兄弟一个失业，拉长了面孔，一个又吐出过一点血。长者们逼我快娶亲，你肯不肯嫁我？或者如果有这样的人，你可以介绍给我：

1.年龄二十五至三十。

2.家境相当的穷。

3.人很笨。

4.小学或初中毕业，或相当程度（不必假造文凭也）。

5.相貌不甚好，但勉强还不算讨厌。

6.身体过得过去，但不要力大如牛，否

则我要吃瘪。

7.不曾生过儿子，生过儿子而已死或已丢掉则不妨。

8.能够安安静静坐在家里不说话。

9.最好并无父母，身世很孤苦。

10.不喜欢打扮及照镜子。

11.不痴心希望丈夫爱她（但可以希望他能好好待遇她）。

这种是不是无聊话?

我永远爱你。

朱 二月十五

信仍寄世界书局较妥。

如果你
不喜欢我说
肉麻的话，
这回我就不说

宋：

两句宋词很可可（比我的好），不过“闲来只管饱和眼”一句不懂，眼大概是“眠”字之讹吧？这句和“为爱才华着意怜”两句都不协律，把为爱句搬到娇痴句下，闲来句太俚不要，下半阕另撰一句，如何？

我近来——这两天——工作效率很高，日间十足做五小时半工作，晚上做夜工三小时，每小时可以制造两块钱的商品。

昨天去把《罪与罚》电影 repeat（重看）了一遍，印象很好。

愿你不要惆怅，因为我不善于安慰你。

如果你不喜欢我说“我待你好”一类的肉麻话，这回我就不说。

朱 廿

张荃中毒太深，已无法救治，让她去吧。

你仍然是一个恋爱至上论者

我的意见是恋爱借条件而成立，剥夺了条件，便无所谓恋爱，这是皮之不存，毛将焉附的道理，因此恋爱是没有“本身”的。所谓达到情感的最高度，有何意义呢？聪明人是永不会达到情感的最高度的。究竟你仍然是一个恋爱至上论者，把它看得那么珍重。

不懂得说懂得，是现代处世唯一的吹牛要诀，未读过经济学ABC的侈谈马克思《资本论》，不是顶出风头的人吗？五千年前孔先生的说话居然还会引用，可见你头脑陈腐。

因为你不喜欢恭维，我得恭维恭维你。你是娇小玲珑（这属于别人的批评）的富家小姐，性情既温良，人又聪明又有才干，因此不必失望，更不用痛哭流涕了。心跳两字非我妄造，因曾听你说起过，为着鲰生某次的一封信。

情书我本来不懂，后来知道凡是男人写给女人或女人写给男人的信（除了父母子女间外），统称情书，这条是《辞源》上应当补入的，免得堂堂大学生连这两字也不懂。

阮玲玉之死，足下倘毫不动心，何必辱蒙提起？她死后弟曾为她痛哭七昼夜。

假如我说，我因为知道你不喜欢恭维，而故意和你反对，借为反面讨好的手段，你将作如何感想呢？

郑天然只送过我一张画片，如果我是女人，当然非吃醋不可。

咳嗽了几天，昨天真的病了，幸而没有死，今天仍照常办公，虽然不很写意。

愿你好。

朱朱

明明是我写给你的信，却要白解为X写给Y，未免有点“Ah Q-ish”（意为阿Q精神），假如不作那样想，你会怎样生气呢，请教！

爷叔：

今日星期不放假，明天起放假一星期，后天离上海，大后天的后天来看你，希望你好好打扮一下。

我欢喜你。

猪猡

我来看你，
希望你好好
打扮一下

大坏狼
给傻孩子的
私语呢喃

傻孩子：

这一次我用这个给你写信，因为我还剩有一张明信片。五天以后就要出院，但我对此并不是很急切。因为已经休息得不耐烦了，所以想要马上回去工作。去办公室上班实在没劲！但不管怎么说，能重新回到我的莎士比亚那里去总是高兴的。现在正在读奥斯加·王尔德的小说，我并不喜欢他。我想见你，不知有没有机会。

大坏狼

我愿意
我能安慰你

清如：

今天上午阴了半天，果然下起雨来，心里很不痛快吧？昨夜我很早地睡了，可是睡不着，今天头痛，吃过中饭倦得很，头只是倒下来。一个小学生上课时举起手来，问他，他站起来，手背揩了揩眼睛，说，先生，我要睡觉去！

从前刘延陵有过一首诗，写小孩子陪着母亲，坐船渡河，带着鲜花去望医院里病着的姑姑。母亲叫他唱歌，小孩拍起手唱："……说得尽的安慰，我们都说过了，说不尽的安慰，我们都交付给鲜花了……"反复着轻柔的调子，很美，有泰戈尔《新月集》里的调子。《新月集》你读过没有？

你病了，想起来也心里寂寞得想哭，不十分难过还好。我愿意我能安慰你。等你爽了再给我写信吧。祝福！

二十下午

*

何不妨寻寻烦恼，
跟人吵吵闹闹哭哭气气都好的，
只不要让烦恼生了根。

捌

给你写信
是乐事
也是苦事

为什么
不给叔叔写信？

我的小宝宝：

我在生你的气，非常生气。看着你的叔叔孤零零地躺在医院里，为什么不给他写信？我的健康恢复得很快。今天早晨，脉搏：72，体温：98.4℉[1]。我将在1月1日下床，1月13日出院。在出院之前我不再给你写信了。上帝保佑你。

朱大叔

1 36.9℃

一、二、三，快给我写信吧

爱人：

写一封信在你不过是绞去十分之一点的脑汁，用去两滴眼泪那么多的墨水，一张白白的信纸，一个和你走起路来的姿势一样方方正正的信封，费了五分钟那么宝贵的时间，贴上五分大洋吾党总理的邮票，可是却免得我食不甘味，寝不安席，无心工作，厌世悲观，一会儿恨你，一会儿体谅你，一会儿发誓不再爱你，一会儿发誓无论你怎样待我不好，我总死心眼儿爱你，一会儿在想象里把你打了一顿，一会儿在想象里让你把我打了一顿，十足地神经错乱，肉麻而且可笑。你瞧，你何必一定要我发傻劲呢？就是你要证明你自己的不好，也有别的方法，何必不写信？因此，一、二、三，快写吧。

昨晚我乘半夜的火车回到家里，同车的还有一群共五个妇人和一位老太。那五个妇人中有两个的举止就像是总经理，第三个是个丑陋的白痴，第一个和第五个，一个是小鸡胆子的蠢货，另一个像是古代的夫人，上下车都得我用双臂扶持着。这一路的情景我真不想讲了，不管怎样，再见了，上海！在这一番动乱的情景之中，我真有点不大愿意离开你。

请尽快给我写信。来信可寄：嘉兴芝桥街曹思濂转。

嘉兴非常平静，我害怕它会使我厌倦的，但是我的工作还在继续着。

我爱你。

8/26

请尽快
给我写信，
我爱你

你不给我信是不行的

清如我儿：

你不给我信是不行的。

今天的节目：

1.起身（九点钟）。

2.吃粥。

3.看报。

4.写信——给你的。

5.看小说——完毕 Galsworthy（高尔斯华绥）的 *In Chancery* （《在法庭上》），此翁的文字清淡得很。

6.吃中饭——鸡。

7.出门。

8.卡尔登看电影——捷克斯拉夫出品的 *Symphony of Love*（《爱情交响曲》），又名 *Ecstacy*，因为广告上大登非常性感，故观者潮涌，尤多“小市民群”，其实该片还是属于高级的一类，虽是以性欲为题材，

却并无色情趣味，至于描写得较露骨的部分当然早已剪去。摄影好音乐好，导演处置纤细但嫌薄弱，表演平平，看后印象不深刻。

9.四马路买过期廉价漫画杂志数本。

10.回家。

11.吃晚饭。

12.做夜工三小时。

13.写信。

14.睡（十二点半）。

你要不要我待你好？

金鼠牌　星期日

该有信给我了，你允许我的

哥儿：

不动笔则已，一动笔总是 sentimental（感伤的），我很讨厌我自己。

几天暖得像大好的春天，今天突冷，飘雪。

真想着你啊，还有好多天呢。

有人说我：“说着想念你啊想念你啊的一类人，都是顶容易忘记人的。”我不知道自己究是不是那种人，容不容易忘记人现在也没有事实为自己证明。但如是那样能热热烈烈地恋，也能干干净净地忘却，或比不痛不痒的葛藤式的交情好些吧？作文章，写诗，我都是信笔挥洒，不耐烦细琢细磨的人；勾心斗角的游戏，也总是拜人下风的。

该有信给我了，你允许我的。

一本《古梦集》，抄得你梦想不到的漂亮，快完工了，作礼物送给你，至少也值得一个kiss（吻）。

真愿听一听你的声音啊。埋在这样的监狱里，也真连半个探监的人都没有，太伤心了。这次倘不能看见你，准活不了。

哥儿是用不到我祝福的，因哥儿的本身即是祝福，是我的欢乐与哀愁的光明。

朱 2/2下午

好友：

我心里非常之肉麻（我的意思是说悲哀），为什么永远不能产生出一种安定感，可以死心塌地地承受生活所给予的一切。我不是不满足，我也不想享受什么，我只想逃避，可是一切门都对我禁闭着。向上进不可能，向下堕落也不可能，有时我真渴想堕落。

要是明天你仍没有信来，我一定不吃饭。有的人三两个月给一封信我，我觉得他们怪亲切，待我这样好，这么不怕麻烦，可是等起你的信来老像要等脱半条命似的。

一个人要是做了基督徒，大概百分之九十五将来要落地狱，这地狱便是他们自以为是天堂的地方。

理想的世界是一切人都没有灵魂。

你真不替我挣气，毕业成绩还比不上丁幼贞，竟然连2都拿不到。

我要待你好——别肉麻！

野狼　十八

等起你的信来
老像要等脱
半条命似的

我希望你快些写信给我

女皇陛下：

我希望你快些写信给我，好让我放心你已不恼我了。至少也得告诉我一声十个月不写信是从哪一天算起，好让我自即日起伫颈期待它的满期。我很欣幸你恼我得并不彻底，否则你会说永远不再写信给我的。既然不是彻底的恼，那么最好还是索性不恼，因为恕人者最快乐，而我也将感恩不尽，永远纪念你的好处。我不愿说保证以后不再有这种事发生，因为也许为了空间的时间的、心理的生理的、物理的化学的、形而上的形而下的、物质的精神的、个人的社会的种种关系，仍旧会身难自主。

叔本华说得好，“人类是环境之奴”（叔本华并没有说过这句肤浅的话，至少我不曾读过叔本华，不知道他曾说过这句话）也。但为了对你表示最大的忠诚与感激

起见，总将竭力避免此等事件之再发生，倘不幸而力有未逮，则惟有等待挨骂一顿，之后复为君臣如初，此则私心之所祈祷而无任拜悚者也。否则的话，我虽不至于幼稚过火得向你说“人生无趣，四大皆空，一切有为法，如梦幻泡影，Vanity，vanity，all is vanity（空虚，空虚，一切都是空虚），行将自杀以谢君”，当然也不至于sophisticated（老于世故的）地喝香槟酒，搂舞女以消忧。

但我这奇怪的我会无聊得狂吃东西，以至于生了胃病，是或有可能的。虽然也许现在你要咒我呕血，但真呕血之后，你一定要悔恨；同样你也决不真的希望我生胃病的是不是？太阳、月亮、火炉、钢笔、牛津简明字典，一起为我证明我对于你的忠心永无变更，不胜诚惶诚恐之至，臣稽首。

不只是欢喜而已

宋：

才板着脸孔带着冲动写给你一封信，读了轻松的来书，又使我的心弛放了下来。叫他们拿给你看的那信已经看到？有些可笑吧，还是生气？实在是，近来心里很受到些气闷，比如说有人以为我不应该爱你之类；而两个多月来离群索居的生活，使我脱离了一向沉迷着的感伤的情绪的氛围，有着静味一切的机会，也确使我渐对过去的梦发生厌弃，而有努力做人的意思。

我真希望你是个男孩子，就这一年匆匆的相聚，彼此也真太拘束得苦。其实别说你是那么干净那么真纯，就是一些人的冷眼，也会把我更有力地拉近了你的。我没有和平常人那样只闹一回恋情的把戏，过后便撒手了的意思。我只希望把你当作自己弟弟一样亲爱。论年岁我不比你大甚么，忧患比你经过多，人生的经验则不见比你丰富甚么，但就自己所有的学问，几年来冷静的观察与思索，以及早入世诸点上，也许确能做一个对你有一点益处的朋友，不只是一个温柔的好男子而已。

对于你，我希望你能锻炼自己，成为一

个坚强的人，不要甘心做一个女人（你不会甘心于平凡，这是我相信的），总得从重重的桎梏里把自己的心灵解放出来，时时有毁灭破旧的一切的勇气（如其有一天你觉得我对于你已太无用处，尽可以一脚踢开我，我不会怨你半分），耐得了苦，受得住人家的讥笑与轻蔑，不要有什么小姐式的感伤，只时时向未来睁开你的慧眼，也不用担心什么恐惧什么，只努力使自己身体感情各方面都坚强起来，我将永远是你的可以信托的好朋友，信得过我吗？

也许真会有那么海阔天空的一天，我们大家都梦想着的一天！我们不都是自由的渴慕者吗？

现在的你，确实是太使我欢喜的，你是我心里顶溺爱的人。但如其有那么一天我看见你，脸孔那么黑黑的，头发那么短短的，臂膀不像现在那么瘦小得不盈一握，而是坚实而有力的，走起路来，胸膛挺挺的，眼睛明明的发光，说话也沉着了，一个纯粹自由国土里的国民（你相信我不会爱一个“古典美人”？虽然我从前曾把林黛玉作为我的理想过），那时我真要抱着你快活得流泪了。也许那时我到底是一个弱者，那时我一定不敢见你，但我会躲在路旁看着你，而心里想，从前我曾爱过这个人……这安慰也尽可以带着我到坟墓里去而安心了。这样的梦想，也许是太美丽了，但你能接受我的意思吗？

为了你，我也有走向光明的热望，世界不会于我太寂寞。

来信与诗，都使我快活。每回你信来，往往怀着感激的心情，不只是欢喜而已。诗以较高的标准批评起来，当然不算顶好，以你的旧诗的学力而言，是很可以满意的了。第一首嫣嫣两字平仄略不顺，不大要紧，第二句固是好句子，但蹈袭我的句子太甚，把犹袭二字改为空扑吧。三四句平顺无疵。总观四句，略欠呼应，天上人间句略嫩，听之。此诗改为：

霞落遥山黯淡烟，残香空扑采莲船，
晚凉新月人归去，天上人间未许圆。

（两人字重复，因此读上去觉不顺口。倘把人归去的人改为郎字，却是一首轻倩的民歌。也许你会嫌太佻，但末句本不庄，故前面的人字不能改君字。）新月映带未许圆，使天上两字不落空。

第二首全体妥。靡字用得新，也许你用时是无意的？

第三首第二句微波漪涟重复，漪字平仄不对；第四句万般往事俗，改为年年心事即佳。全首改为：

无端明月又重圆，波面流晶漾细涟。
如此溪山浑若梦，年年心事逐轻烟。

三首诗情调轻灵得很，虽然还少新意，不愧是我的高足，我该自傲不是？

前次绝句二十首之后，又做了十一首，没有给你看。前几首较好：

春水桥头细柳魂，绿芜园内鹧鸪痕，
蜀葵花落黄蜂静，燕子楼深白日昏。
倚剑朗吟毵字栏，晚禽红树女萝残，
何当跃马横戈去，易水萧萧芦荻寒。
半臂晕红侧笑嫣，绿漪时掀采莲船，
莲魂侬魂花侬色，蛙唱满湖莲叶圆。
迟雪冲寒鹤羽毵，偶尔解渴落茅庵，

红梅白梅相对冷，小尼洗砚蹲寒潭。

略有宋诗调子，第三、四两首都故作拗句。又第九首：

秋花销瘦春花肥，一样风烟雨露霏，
萧郎吟断数根须，懊恼花前白袷衣。

第十一首：

燕子轻狂蝴蝶憨，满园花舞一天蓝，
仙人年幼翅如玉，笑激银铃酡脸酣。
则是我诗里特有的童话似的情调。
天凉气静，愿安心读书，好好保重。

朱朱　廿三夜

秋兴杂诗七首，本没有给人看的意思，但张荃既有信给我，也不妨抄下来并给伊一读，我没有另外给伊写信的心向[1]。

1　方言，意为“心思”。

宝贝：

本来想再过好几天才给你写信，但不写信也很无聊。你寄到嘉兴去的信收到，很是一个意外的惊喜，可惜太短了些，而且其中一句话也没有。在家乡过了两夜，想不到这两天内有许多变化。在火车里买了两份报看，德奥意三国成立协定，陈济棠势力瓦解，又有日本人在虹口遭暗杀，简直似乎已有一个多月不曾看过报；回来之后，又听见小儿啼，原来陆夫人已产了一个小女儿。

你寄到
嘉兴的信，
是个
意外惊喜

回家去刚刚逢着天凉，因此很适意，去的那晚还很热，火车中看见了一个伟丽的日没，满天空涂着一块一块油画的彩色，又看见一个乡妇被火车撞死，一只腿已飞掉，头边一堆浓血。

曾经做过一个梦，和一位女郎发生了恋爱，她的一切都并不出色，唯一惹人注意之点是鼻角的一粒麻子，这粒麻子凹陷得特别深，有一寸半的样子，我因为这粒麻子的关系便深深地迷醉着她了，你想荒唐不荒唐？

你大概不欢迎我来看你吧？

我真爱你。

淡如　十四

祝你不安静

宋家姊姊：

真的，不瞒你说，你的信很使我肚皮饿。

发奉

《国际关系论》一部

定价三元八角五折实洋一元九角

尊客台照

平淡得乏味，你总不肯跟我吵吵架儿。连烦恼都没有寻处，简直活不了。

祝你不安静。

小巫　十五

写几个漂亮字给你

阿宋：

领了一支新毛笔，写几个漂亮字给你。我说，说什么呢？不是没有话，可是什么都不高兴说。我很气。我爱你。我要打你手心，因为你要把“快活地快活地我要如今”一行改作“……我如今要”，此行不能改的理由第一是因为“今”和下行的“身”协韵，第二此行原文“Merrily merrily I will now”其音节为–VI–VI–VI–，译文“快活地｜快活地｜我要｜如今”仍旧是扬抑格四音步，不过在末尾加上了一个抑音，如果把“我如”读在一起，“今要”读在一起，调子就破坏了……

猜我要写些什么

宋：

你猜我要写些什么？鬼知道！要是我能写些漂亮的迷人的话，你一定会非常欢喜我的。

我不知道我将要写些什么，当我在不曾写些什么之前；我不知道我正在写些什么，当我正在写些什么之时；我将不知道我已写了些什么，当我业已写些什么之后。然而我正要写了，我正在写了，我已经在写了，虽然我不知道我将要写些什么，正在写些什么，已写了些什么。——学Gertrude Stein（葛特鲁德·斯坦因）的文体。

我猜想我的中文程度跟我的英文程度一样蹩脚，我的英文程度跟我的日文程度一样高明，我的日文程度跟我的埃塞俄比亚文程度一样了不得。

你这人似乎太少嗜好，对任何事都没有什么了不得的兴味，我难得听见你发表过五十个字以上的意见。

明天到韬光去好不好？

不要害怕毕业，嬉皮涎脸地对付人生虽不是正当的办法，但比之愁眉苦眼要好一些。

肯不肯做我的私人秘书兼管扫地抹桌子？三块大洋一月。

阿米巴 七日

给你写信是乐事也是苦事

清如：

William Davies（威廉·大卫）说的：

What is this life，if，full of care，

We have no time to stand and stare?

（如果什么都要操心，生活将会是什么样？我们将再也没有时间驻足观望。）

如果我向上帝祈求，我将说，给我充分的悠暇吧！看云的悠暇，听雨的悠暇，赤脚在椅背上打盹的悠暇，作诗、谈恋爱、自寻烦恼的悠暇，或者就是全无思虑的，在一两点钟内给朋友写一封无所不谈的随笔的信的悠暇。然而我的心是那么空虚又那么惶惑，那么寂寞又那么懒。实在我有许多偶然触及的思想，一些偶然忆起的琐事，我闷得很，我很需要告诉你，然而总似乎没有气力把这些搬到纸上。给你写信是乐事也是苦事，我也说不出我是如何思念你。

生涯是全然的无望。

*

我愿意舍弃一切，
以想念你终此一生。

玖

风和日暖，
令人愿意
永远活下去

*

风和日暖，
令人愿意
永远活下去

我不知道是什么东西，卢骚[1]的《新哀洛绮思》[师范英文选第三册选入，这种物事[2]好教学生！以文章而论，歌德的《维特》当然好得多了]，恋爱，恋爱，那种半生不熟，十八世纪式的恋爱，幼稚而夸张，无谓的sentimentalism（感伤主义），佳人+才子+无事忙热心玉成好事的朋友+扭扭捏捏不嫉妒的“哲学的”丈夫，这位丈夫，是卢骚特创的人物，篇中谁都佩服他，实际是最肉麻的一个。

你不用赌神发咒我也早相信你了，前回不过是寻晦气的心情，其实我总不怪你。

我顶讨厌中国人讲外国话，并不因为我是个国粹主义者，如果一个人能够讲外国话，讲得比他的本国话更好的话，那么他尽有理由讲外国话，否则不用献丑为是。

好人，我永远不对你失望，你也不要失

1　卢梭。

2　上海方言，意为东西。

望自己。

你希望你不要用女人写的信纸。

我以为理发匠非用女人不可，有许多理发匠太可怕，恶心的手摸到脸上，还要碰着嘴唇，叫你尝味它的味道。嘴里的气味扑向你鼻孔里，使人非停止呼吸不可。中国人喜欢捶背狠命扒耳朵，真是被虐待狂。

伤风好了没有？你真太娇弱。

我不笑，不是不快活，无缘无故笑，岂不是发疯。

后天星期日。

接到你的信，真快活，风和日暖，令人愿意永远活下去。世上一切算得什么，只要有你。

我是，我是宋清如至上主义者。

人去楼空，从此听不到“爱人呀，还不回来呀”的歌声。

愿你好。

Sir Galahad

P.S. 我待你好

我们两人
一同在
雨声里做梦，
那境界
是如何不同

亲爱的朋友：

心头像刀割一样痛苦，十八天了，她还是没有来。

我知道我太不配接受她的伟大而又纯真的爱，因此所享受的每一份幸福，必须付出十倍于此的痛苦做代价，因此我便忍受着这样的酷刑。

她是个太善良的人，她对谁都那么顾恤体贴；她也是个太老实的人，她说的话都没有半分虚伪。她不会有意虐待我，或对我失信。可是她是个孝顺不过的女儿，在她母亲强有力的意志下，我的脆弱的感情，只好置之不顾了。我能怨她吗？不，我因此而更爱她。

亲爱的朋友，恕我把你和她做一个比较，你是我所认识的人中最可爱最完美的一人，可是她的美丽她的可爱，永远是发掘不尽的宝藏。你只是她过去生命中的一部分，是她美丽的灵魂投射在我心镜上的一个影子，因为我的感受力非常脆弱，不能摄取她的美丽灵魂的全部，然而我所能摄取的却已经深深地锁在我的记忆里，没有什么力量可以把它夺去。

迷迷糊糊地睡了一觉，醒来就盼望天明，不料邻家的钟才敲上一点，这时间怎样挨过去。起来点了火，披上衣裳，坐在被窝里，写上几行，反正你也不在这里。她们也不在这里，一个人由得我发疯。

明天大概不会下雨了，历本上说是好日子。你没有理由再不回来。要是你再不来，那我必须在盼望你的焦虑上，对你的平安忧虑了。最亲爱的人，赶快回来吧！大慈大悲的岳母大人，请你体恤体恤一个在热恋中的孩子的心，不要留着她不放吧！她多住三天两天，在你是不知不觉中很快过去了，可是她迟回来一天，这一天对我是多么漫长的时间啊！

但愿你平安着！

听见邻人家孩子呼唤母亲的声音，就勾起我失母的悲哀。二十年了，她的慈爱的音容，还是那么深刻在我的心上。我不愿把一般形容母亲的慈祥二字放在她的身上，因为她到死都只是一个□□[1]的好心情的孩子。你是一个有母亲的人，你一定不会想到一个早年失母的人，是怎样比人家格外希望有一个亲切的人永远在他的身边。

今天濂姐[2]回来，给她的母亲放衣服，我见了她，忍不住要哭……

今年的春天，我们婚后第一年的春天，是这样成为残缺了，我为了思念你而憔悴。

梅花在你去了以后怒放，连日来的风雨，已经使她消瘦了大半，她还在苦苦地打叠起精神，挨受这风朝雨夕，等待着你的归来。

昨夜一夜天在听着雨声中度过，要是我们两人一同在雨声里做梦，那境界是如何不同，或者一同在雨声里失眠，那也是何等有味。可是这雨好像永远下不住似的，夜也好

1　此处原件中文字模糊不清。以下类似情况还有几处，我们将原件中长段文字缺失的用“▭”表示，个别文字不清的用“□”表示。下同。

2　朱生豪的表姐曹思濂。

像永远过不完似的，一滴一滴掉在我的灵魂上，无边的黑暗、绝望，侵蚀着我，我□□着做噩梦。

要是这雨再阻延了你的归期，我真不知道我怎样还有勇气支持下去。每一天是一个无期徒刑，挨到天黑上了床，就好像囚犯盼到了使他脱罪的死亡，可是他还不知道他的灵魂将会上天堂或下地狱。要是做梦和你在一起，那么我的无恨的灵魂便是翱翔在天堂里，要是在噩梦或失眠中度过，那就是在地狱里沉沦。天堂的梦是容易醒的，地狱的苦趣却漫漫无尽，就是这一夜天便等于一个永劫。好容易等到天亮了，又开始了一个新的无期徒刑。

我不愿向上帝祷告，因为他是从来不听人的话的，我只向你妈祷告。好妈妈，天晴了赶快放她走吧！

天气是那样捉摸不定，又刮起风来。要是你今天来了多好。一定是你妈出行要拣好日子，明天下了雨怎么办？我一定经受不住第二次的失望，即使那只仅是一天的距离。今夜是无论如何不能入睡的了。

明天，明天，明天，明天该是这半月来最长的一天，要是你不来，那一切都完了。

二十日

昨晚听了一夜的雨声，今天起来眼看着天色如此阴沉，心里充满了难言的悲哀。于是讨厌的雨又下起来了。下午抱着万一的希望，撑了伞走到烂泥的马路上，到车站去候你，结果扑了个空，回来简直路都走不动了，眼前只是昏沉沉的一片。今天他们都吃喜酒去了，剩下我一个人，中饭吃了半碗冷粥、□碗□□，晚饭吃了一碗冷开水淘冷饭，独身生活也过了这么许多年了，从来没有像现在这样凄凉过。

大概你夜车是不会来的，即使来我也再没有勇气到车站来接你，明天也许会晴了，我希望你的不来只是为了天气的理由。

亲亲，在我们今后的生活里，是不是要继续重复着这样难堪的离别呢？想起来真太惨！为什么我们不能每时每刻都在一起呢？

二十一日

又下雨了，这雨大概是永远下不完的，你也永远不会再回来了。

睡着了梦里也是雨声，醒来耳边也是雨声，我的心快要在雨声中溺死了。我没有再希望的勇气，随便天几时晴吧，随便你几时来吧，我都不盼望了，让绝望做我的伴侣。昨晚写了一封快信想寄出，可是想不出它有什么目的，还是不要寄，让你想象我是乖乖的，不要让我这Intruder（闯入者）破坏了你的天伦之乐吧。

我一点不怪你，我只是思念你，爱你，因为不见你而痛苦。今天零点多钟便起来望天色，写了这几句话。我一点不乖，希望你回来骂我，受你的打骂，也胜于受别人的抚爱。要是我们现在还不曾结婚，我一定自己也不会知道我爱你是多么的深。

虽然明知你今天不会来，仍然到车站望了一次。雨停了，地上收干了，鹁鸪也不叫了，空气中冷得厉害，明天你总不要再使我失望了吧？

只要仍然能够看见你，无论挨受怎样的痛苦都是值得的，可是我不能不为我们浪费的年华而悲惜。我们的最初二十年是在不知道彼此存在中过去的。一年的同学，也只是难得在一处玩玩，噩梦似的十年，完全给无情的离别占夺了去。大半段的生命已经这样完结了，怎么还禁得起零星的磨蚀呢？

梅花已经零落得不成样子了，你怎样对得起她呢？

今天以愉快的期待开始，好鸟的语声催我起来，阳光从东方的天空透出，希望能有一个happy ending（愉快的结局），结束这十多天来的悲哀。忙着把久未收拾的房间清理了一个早晨，现在还没有吃过早餐（昨天早上陆弟拿进一碗白米粥来，我吃了两顿，晚饭吃了一只粽子），坐下来写这几行。抬头望着窗外，我真不忍望那憔悴的梅花，可是院南的桃柳欣欣向荣，白云是那

么悠悠地飘着，小鸟的鸣声依然好像怪寂寞的，要是这空气里再有了你的笑语□□，那么春天真的是复活了。相信我，这许多天来我不曾对你有丝毫抱怨，可是今天你再不来，我可不能原谅你了。

想不到今天又是这样过去，我希望明天还是下雨吧，因为晴天只是对我的一个嘲笑。

第三次从车站拖着沉重的脚步归来，头痛，腰酸，身上冷得厉害，我的精神已经在这几天完全垮了。

为什么？为什么？为什么？

二十三日下午

好友：

我懒得很，坐在椅子里，简直懒得立起身来脱衣裳睡觉，看了几页小说，闭了眼睛出了一下神，又想写信，又有点不大高兴。今天有了钱，也吃到了你的糖，糖因为是你给我吃的，当然格外有味，可是你知道，一个人无论怎样幸福怎样快乐，如果他的喜乐只有自己一人知道，更没有一个可以告诉的人，总是非常寂寞的。如果我有一个母亲或知心的姐妹在一起，我会骄傲而满足地对她说：“妈，你瞧，我有一样好东西，一包糖，‘她’给我的。”她一定会衷心地参与我的喜乐，虽然在别人看来，一点也不值得大惊小怪的。

编辑所里充满了萧条气象，往年公司方面裁员，今年有好几个人自动辞职，人数越减越少，较之我初进去时已少了一大半，实

糖因为是
你给我吃的，
当然
格外有味

在我也觉得辞了职很爽快，恋着这种饭碗，显得自己的可怜渺小，可是自己实在什么都不会干，向人请托谋事又简直是要了我的命，住在家里当然不是路数。我相信我将来会饿死。

听两个孩子呼名对骂，很有味道，打着学堂里念书的调子彼此唱和，哥哥骂妹妹是泼婆大王，妹妹骂哥哥小赤佬，以及等等。

明天再说。你是天使，我是幸福的王子。

朱　十一

宋：

四五天还不曾见你信，你好不好？我担心得很。

我已恢复了早上七点半起身晚上十二点睡觉的老生活方式，前天喉咙里又有些不大舒服，惊弓之鸟，很有些害怕，但现在已没有什么了。一切还是老样子，很无聊，想来看你一次，怎样？

我爱你。

朱 十八

想来
看你一次

心里充满各种快乐梦想

清如：

今天我工作效率很好，走路时脚步也有点飘飘然，想要蹿蹿跳跳似的，天气又凉得可爱，心里充满了各种快乐的梦想。

我想，一个人的灵魂当然是有重量的，而且通常都较身体的重量为重，否则身体的重量载不住，要在空中浮了起来的。一个人今天心里很懊丧，他走一步路，似乎脚都提不起来的样子，头部也塞满了铁块似低垂着；明天他快活了，便浑身都似乎要飞起来的样子，这当然只是灵魂的轻重发生变化的关系，身体的重量在两天之内决不会有甚么大的差异，而且不快活的人往往要消瘦，反而比之快活的人要轻一些。灵魂轻到无可再轻的时候，便要脱离身体而飞到天上去，有的飞上去不再回来，变成仙人了，有的因遇冷凝结（因为灵魂是像水汽一样的），重又跌了下来，那便只是一时的恍惚出神或做梦。有时灵魂一时不能挣扎出皮囊，索性像一个轻气球一样地，把身体都带到天上去了，这是古时所以有白日飞升的缘故。

说不出的话，想不起的思想，太多了。再谈吧。愿你无限好！

朱生 卅一日

我真愿你不要再病了

宋：

今夜我非常口渴。

从前有一个阿Q式的少年，某个女郎是他的爱人，但他并不是她的爱人，因此你可以知道他们是一种什么关系。然而他是个乐观的人，他说，她不过是嘴里说不爱我，其实心里是很爱很爱的；因此他非常幸福地生活下去，直到有一天她把他完全冷淡了。他说，真的爱情是渊默的，真的热力是内燃的，而外表像是蒙上一重冰冷的面幕；因此他仍然非常幸福地生活下去，直到有一天她嫁了人了。他说，爱不是占有，无所用妒嫉而失望，而且她嫁人是一回事，爱我又是一回事，她的心是属于我的；因此他仍然非常幸福地生活下去，时时去访候她，直到因为太频繁了而一天被飨闭门羹。他说这是因为她要叫我不要做傻子，既然我们的灵魂已经合成一体，这种形式上的殷勤完全是无谓而多事的；因此他仍然非常幸福地生活下去，直到老死，梦想着在天堂里和她在一起。横竖天堂并没有这回事，只要生前自己骗得过自己，便是精神上的胜利了。我说这样的人，非常受用。

真是从心底里感谢你给我的那两张照片，取景、位置、光线，都很好，那女郎可爱极了，你愿不愿为我介绍？看她的样子很聪明，很懂事，而且会作诗，也许很凶？

读书要头痛，最好的办法，就是不读，等不痛的时候再读。可惜你不多跟我在一起，对于应付功课债方面我是顶在行的，在大考的时候，我惯是最悠闲的一个，虽然债欠得比谁都要多。

我不希望你来（不是不要你来），你来我会很窘的。

买了一本《文学月刊》，一本《文学季刊》，其中的小说，模模糊糊看不下去，我说去年一年在小说、戏剧、诗歌一方面都绝少收获，诗歌已至绝路，戏剧少人顾问，小说方面，还有一批能写的人，可是作家一成名，便好像不能再进步了的样子。过时的作家写出来的东西几乎没一篇不讨厌。

前夜去看《风流寡妇》影片，我不曾看过《璇宫艳史》，很抱歉，刘别谦的作品一部也不曾看过，我以为一定是很好的，至少在技巧上画面上，不能怎样说它坏。但希望过奢，不免有些失望。故事不算不发松，不知为什么总觉得很空虚，不似《云台春锁》那样嘲讽得泼辣淋漓。歌舞场面的富丽，则别的影片如《奇异酒店》等中也已见过。希弗莱我本来相当的喜欢的，虽则他不是美少年，这里仍然是他的顽皮。但麦唐纳在任何一方面都不能使我满意，第一，她完全不美，不动人，简直有些难看；第二，她的表演也是平平，没有出色的地方，歌唱得还好，但不及 Grace Moore（格雷丝·摩尔）。

因此今天 *Cleopatra* 也不去看了，左右不过是铺张一些巨大的场面，比之《罗宫春色》和以前的《十诫》《万王之王》是较失败的一张，因为缺少情绪上的力量，据说是。附近的小戏院里映《狂风暴雨》，去温了一遍，这类片子才真是百读不厌，而且第二遍比第一遍更满意。

郑××我看他真没有脸孔活在世上，日

本大概不会去了吧？和你的说去北平一样，可是你有你的客观环境，还可以原谅，他赖在家里不知作甚么的。

接受我的渴念和祝福。

朱　六日夜

你一定说我不好，大概已成定谳，再为自己辩护也没有用了，我将以自怨自艾的灰心失望度过这不得你欢喜的余生了吧，言念及此，泪下三钵头。

如果上某个教员的第一班课，在开首几个星期里，必得格外巴结，给他一个特别好的印象，以后可以便宜不少，就怎样拆烂污也不要紧了，这是我一贯的政策，我的好分数都是这样得来的。

我不笑你，但我真愿你不要再病了，永远地，永远地。不是假惺惺，真有点怅惘。有得时间生病，宁可谈恋爱。

我能够崇敬你的，如果你愿意。

好孩子：

不会哭吧？我很急，真想跑来瞧瞧你。天十分暖了起来，其实上课堂也要打瞌铳，乐得躺在床上看看云吧。希望快好起来，耶稣保佑你，即便没有什么痛苦，我也是不能放心的。

想不出一个好故事可以讲给你听。“黄鹂”那首写得很可爱，你总是那么可爱。我想写一首诗给你，可不知道写不写得出。歌人一天一天的拙劣了。

春天，我不忆杭州，只忆你和振弟，他比你寂寞，也许比我还寂寞，他是永不把心开放给别人的人。

我给你念祷告，希望这信到时你已经好了。愿你安静！春天否则是会觉得太短的，生生病，也许会长一些。但是心里高高兴兴，什么时候都是春天，所以还是快些好起来吧！好好珍重，以后不许生病了。再写。

朱朱 十九夜

好好珍重，
以后
不许生病了

为你的
缘故，
还不敢忘却
春天的美丽

好澄：

希望这封信能先你到家，等候着你。

路上平安？回家欢喜？母亲婉弟都好？以一颗热爱你的心，愿你得到最大的幸福，在母亲的怀里。

我的心是早该冷了的，为你的缘故，还不敢忘却春天的美丽。我不愿有更舒服的生活环境，因既已有你友情的抚慰，那是远宝贵过于一切的。

期待着你将给我更大的（但永不要给我最大的，因最大之上，将无可希望了）欢喜，当我看见你的时候。

祝福。

朱　十七

阿宋：

今天是星期，你猜想我很无聊吧？无聊是有些的，还不难过。我心里有歌唱，有希望，有你。

昨天回来，看完了顽童汤姆莎耶的故事，唱唱歌，很高兴，不曾忘记你。夜里做乱梦，姑母赶来上海责我在外面游荡，很怨。在把三年来的新旧诗词整理抄集起来，约有三百面光景，你看过的居多，等你来的时候，托你代我保存。

朱

我心里有歌唱，有希望，有你

看见太阳，
心里便
有了春天

人生当以享乐为中心。第一种人眼前只道是寻常，过后方知可恋，是享乐着过去。第二种人昨日已去，不用眷眷，明日不知生死，且醉今宵，是享乐着现在。第三种人常常希望，常常失望，好在失望后再作新的希望，现实不过如此，想象十分丰富，是享乐着未来。你在读书时可以想象放假而快乐，放假时可以想象读书而快乐，于是永远快乐。

我假从二月二日（记住那是我的阳历生日，阴历生日已过去两个星期）放起，不想就急急回家，那天（明天）上午或者去买东西，下午或者去看舞台人的演剧，或者晚车回去，三日四日五日六日都在家，七日回上海，八日再可以玩一天，九日上工，十日星期仍上工，到十七再玩。

到家里去的节目不过是吃年糕，点蜡烛，客人来（我希望她们不要叫我拜客了），以及搓麻将。

新近发现了一条公理：凡是巴巴的来看我的朋友，都不外是因为：1.借钱，2.托我事情；其余的朋友都不愿意见我，这最近有好几个例证：

一、一个在苏州的好几年不见但常通信的朋友到上海来，打电话叫我到中央旅社看他，我把中央误听了东亚，找不到，后来他说，本想来看我，想想见面没甚么意思，因此就走了。

二、你过上海时我来车站望你，你说我不应该来看你。

三、郑××上次穷瘪来投靠我，今番堂而皇之地出洋，于是打电话来关照我都叫茶房代打，当然再不要光顾亭子间了。

四、我叫任铭善到我家来玩，他想了好几天，终于决定不来。

苦笑而已，云何哉。

看见太阳，心里便有了春天，天气真有暖意，即使不怎样暖（否则室内不用生火炉），至少有这么一点“意”。可是上海是没有春天的，多么想在一块无人的青草地上倒下来做梦哩。手心里确是润着汗，今年的冬天是无需乎皮袍子的，只是不知几时才会下雪，虽然我并不盼望。

你的来看你的朋友，如果不是一个古怪的人，便是一个平常的人，因为你要叫我猜，我便猜她（不是他吧）是一个古怪（means 有些特殊的地方）的人，否则你没有向我特别提说的必要。古怪两字用指最高泛的意义，不单指人的本身，也指 case（情形），condition（状况）等等而言。

这答案答得坏极。

Bertram（莎剧《终成眷属》中男主人公的名字）的离别使她的眼里充满了眼泪，心里充满了悲伤。因为她虽是绝望地想着他，但每点钟和他相对，对于她终是很大的安慰。Helena（莎剧《终成眷属》中女主人公的名字）会坐着凝望着他暗黑的眼睛，他慧黯的眉毛，他美发的涡卷，直至她好像把他的肖像完全画在她的心版上，那颗心是太善于保留那张可爱的脸貌上每一根线条的记忆了。

当我年轻的时候，我也是这样的。爱情

是那朵名为青春的蔷薇上的棘刺。在年轻的季节，如果我们曾是自然的儿女，我们必得犯这些过失，虽然那时我们不会认它们为过失。

不要自寻烦恼，最好，我知道你很懂得这意思。但是在必要的时候，无事可做的时候，不那样心里便是空虚得那样的时候，仍不妨寻寻烦恼，跟人吵吵闹闹哭哭气气都好的，只不要让烦恼生了根。

你是个美丽而可爱的人，春天、夏天、秋天和冬天的精神合起来画成了你的身体和灵魂，你要我以怎样的方式歌颂你？

祝福！

朱朱　一日

讲来讲去全是有闲趣味

宋清如：

我觉得，“小姐”比“女士”不肉麻得多，你以为如何？

“她”字完全是多事；“他对她说”固然明白，“她对她说”岂不仍旧弄不清楚，还要分写作“老他”和“少他”？

今晚□没事做，因此写信，虽然并不高兴写。

从前星期日也可以整天住在家里，近来老想“到上海去”（在我们这里是这样说的），太费时间，从提篮桥到抛球场一段电车总得一二十分钟，等车子的时间不算，到法租界去得四十分钟，没有特别的事总不大上算。我最常到的两条路是四马路和北四川路，四马路自然是因为书店的缘故，其实那是最最俗气的一条马路。静安寺路霞飞路是上海最好的两条路了，但我不能常去，北四川路颇有名士风趣，夹在广东人和日本人之中间，有一种说不出的吊儿郎当。南京路是《东方杂志》，四马路是小报，霞飞路是画报，北四川路是《论语》《人间世》。

昨天一下火车便去看电影，华雷斯皮

莱的《自由万岁》，这是难得的片子，我勉强使眼泪不流下来。虽然以个人的好恶而论，对于这位莽汉型的主角，我并无特殊的好感，如有人所批评的，华雷斯皮莱只能浮面地抓住观众的情感，但不够深刻。这位丑男子的地位评价，总该在George Arliso、Charles并且 Laughton、Paul Muni、Edward E、Rohinson（都是当时的一些知名电影演员）诸人之下，比小白脸们那自然要高得多了。出来不知天下雨，而且很大，索性到对过金城里去买五角钱票看《新女性》，第八个失望，片子长得异乎寻常，说明书弄了一大篇，我想导演者还算聪明，否则按着中国影片的拖拖沓沓的老毛病推想起来，这么纷繁的头绪准得演上一整天才演得完，然而看下去是多么无精打采啊！同样的题材，《三个摩登女性》确不愧是成功的优秀作，女人除了教训意味太浓之外，也不失为流丽干净。

《新女性》我不知怎么说好，主角阮玲玉饰妓女等之类是成功的，扮女作家真太不像了，表演老是那个“型”，如果原谅她扮这角色的身份不配的话，那么至少得说她一句毫无进步，看她从前的作品要比现在的作品满意得多。人和蝴蝶一样，也越变越难看了。立起身走出的时候，已过七点钟，已经映过整一点钟，照本事的情节看起来，似乎还不过三分之一的样子，叫人打哈欠的东西，谁能耐心这么久坐下去，尽管它的意识十分正确。因此想到《香雪海》的导演手法确值得称赞，虽然是那么庸劣的故事，却是像美丽的小品文一样抒写出来，简单的情节，不多的人物，灵秀的表演，在去年可算是最成功的一张了。

你会不会玩麻将牌？那并不是怎样有趣的东西，有时会使你非常心烦，但一陷入方阵之后，简直无法摆脱，完全不想罢手了，因此是费时失业的东西，并且能使亲人暂时变为冤家，因赌牌而两亲家母争吵或母女不和，是最普通不过的事。如外国的纸牌之类，如果目的不是为赌钱，只是游戏而已，那不久就会厌倦的，但麻雀牌的魔力要大得多，它需要更复杂的勾心斗角，同时又要看手风牌势，讲命运，各人的个性也最能在打

牌时看出来，有的是越输越吵，有的却越输越静，有的迟疑不决，有的当机立断，有的老谋深算，有的粗率鲁莽，有的敢冒险，有的讲持重稳健，有的随随便便，有的心无旁骛，洋洋乎大观哉。至于等待一张需要的牌的心境，是和恋人的心境并无二致的。

我常常想不出你所说的看书是看什么一类书。

昨天火车里看见一个年纪很大了的女学生，胖得像猪一般，又有一个瘦得很的中年妇人，面目可憎的样子，衔着香烟老走来走去，真不应该有这种女人。我以为林黛玉式的美人在中国还是需要的，与其病态丑或健康丑，那当然宁可病态美。

讲来讲去全是有闲趣味。再会。有人说，宋清如很滑稽。

祝好人好。

朱生豪　九夜

发一些可爱的诗句给你

今天你不曾望我吧？大概我的信总不至于不收到。

昨晚我到苏州，今天玩灵岩天平山，从早晨六点半出发，傍晚五点多回来，两山的顶上都去了。灵岩已去过，即不曾去过也无甚味道，天平山比较好玩些，因为路难走，穿着皮鞋鼓勇上去，不敢相信还会走得下来，然而仍然走上去。在上海居二年余，平常一点点路都要贪便宜坐电车，很担心脚力不济，然而一试验之后，大为安慰，回来后一点不吃力。在苏州搭八点钟车回上海，此刻十一点半，完全不疲倦，觉得非给你写信不可。前天起微微有些牙痛，今天一跑已经跑好了。暂时有些恢复了，像在之江时的那种心境，在慢车中读李金发的诗集《为幸福而歌》，觉得不是全无味道，回来的车子比去时的特别快车似乎快得多。

评《为幸福而歌》：李金发的诗，最大的毛病在乎不精练，缺少unity（一致性），只是一堆印象的随便的无组织的集合，再加以不可解，其实是不通的成分，使人不耐卒读，但真如细心读下去，也能发现一些确乎可爱的诗句，他有好的句子，有时有好的 stanza（诗节），似绝难写出一首完整的好诗。

每当静寂的时候，我便欲抱头恸哭或低吟，但我忘却了美丽的歌儿，恸哭又觉羞怯，领羊的好人儿，切勿无礼于我，引我到山头去，露珠全湿我裙裾……

——讴歌

这是模仿 *Song of Songs*（《旧约·雅歌》）的。

……

——“你还记得否，说仅爱我一点？”——“时候不同了”，——“我们是人间不幸者”，——“也可以说啊”。声音更小了，喁喁地……惟夜色能懂之。

——墙角里

像 Verlaine（魏尔伦）的某首诗。

眼帘渐觉朦胧，怕不是炊烟散漫？吁，送点萧瑟之声来，游子失了归路！

——柏林 Tiergarten（动物园）

生命之河流上，缺点顾盼的时光，况拉

手疾走，足音在远处筑然。

——Paroles（诺言）

如今重来，我们几不相识了，你虽老了一点，但闲懒的动作与疾徐的唱，我们是惯听的，再见！我将在远远处望望你，携手是不必了。

——海潮

呵孩子！何以有此痛哭，你觉得在怀抱里孤寂吗？

——多少疾苦的呻吟

你低唱里有断续的句：呵你是秘鲁的美人，生长在 Titiyamtata am Titikakasec（注：这几个外国字读起来甚有味）……那边一大树，树上一苹果，我非常愿意要……我们一齐去吧，那面牛乳与茶是美味，拥被同睡在指环里（注："指环"不解）……不肖的媛媛儿阖眼睡吧，我既长大了你何以年轻，妈妈将留心你的饥渴……犬儿在月下吠了，呵倦怠的游行者，何不于日落之前赶到我家里……

——呵你是秘鲁的美人

记取我们简单的故事：你臂儿偶露着，我说这是雕塑的珍品，你羞赧着遮住了，给我一个斜视，我答你一个抱歉的微笑。空间静寂了好久，若不是我们两个，故事必不如此简单。

——记取我们简单的故事

……秋是我们的忠臣，他尽力保存我们之印象，与生命中应消失之最美满的一刻，他不嫌你衰老，同款步在落日里，他可给你一千句回答，如你怀想远地亲热之分离……

——秋老

大神喊道：你如此年轻而疲乏之游行者，到何处去飘泊？没有一个山川的美丽，如兄妹般等候着你，没有一个生人，回复你亲密的点头，即流泉亦失望地向你逃遁。

——明星出现之歌

愿我们一天重见（千万莫叙离衷）。仍旧交付我浅绿的平浦，忠实的溪流，低唱重逢之曲。杨柳与槐无裙裾地随风喜跃，月儿将怪我性好漂流，复逃归故土了。可是我有话对他说：你只要交付我浅绿的平浦，忠实的溪流，低唱重逢之曲。

——偶然的Home-sick（想家）

爱情不过是一滴水，亦是回声的反响，水是易干的，回声随处消散；当夕阳西下天际，带着哀伤之色，牧童的羊群，颠沛着足在远处徐来，长林仅现微黑，夜儿带恐吓之气息来了，我求你同叹息此日不长在。

——我想到你

我宽宥你过于皇上的大赦，当你娇嗔过分等等时，我宽宥你像重复追问之人的不明白。

——我对你的态度

我待你好如同我的待你好一样。我希望不久来看你，我愿意被你杀死。

朱朱 十日夜

抄你的诗，
好似温习
甘美的旧梦

亲爱的朋友：

热得很，你有没有被蒸酥了？

怪倦的，可是我想必须要写了这封信。

Tempest（《暴风雨》）已完工，明天叫他们替钉一钉，便可以寄给你看，但不知你能不能对我的译笔满意。

郑天然给我的两本抄本，我因为自己没用处，昨夜没有事，便把你所有寄给我看的新诗（除了我认为太不好的少数之外）都抄了上去，计得：

1932年（十月起） 9首

1933年 38首

1934年 32首

1935年 8首

1936年（迄七月） 2首

竭着一个黄昏一个上午半个下午的时间把它们抄完，好似从头到尾温习了一遍甘美

的旧梦。我觉得你确实有诗人的素质，你的头脑跟你的心都是那么美丽可爱。因为不讲究细琢细磨的缘故，你的诗有时显得生硬，显得意象的调炼未臻融和之境，而给人一种不很成熟的感觉，但这无害于你的抒情的优美。不经意而来的好句子，尽可以使低能的苦吟者瞠然失色；你的顶好的几首小诗可以列于我平生读过的最好的诗篇之中。我对于你真只有无限的爱慕，希望你真不要从此萧索下去才好。我曾在抄后又用红墨水把你的各篇诗加以评点，好的诗一圈，很好的诗两圈，非常好的诗三圈；句子有毛病或用得不适当的加竖，佳句加细点，特别出色的佳句加密圈，你要不要看看？

说不完的我爱你。愿你好。

永远是你的

星期日夜

窗外下着雨，抄几节俏皮话给你看

宋先生：

窗外下着雨，四点钟了，近来我变得到夜来很会倦，今天因为提起了精神，却很兴奋，晚上译了六千字，今天一共译一万字。我的工作的速度都是起先像蜗牛那样慢，后来像飞机那样快，一件十天工夫做完的工作，大概第一天只能做 2.5/100，最后一天可以做 25/100。《无事烦恼》草稿业已完成，待还有几点问题解决之后，便可以再用几个深夜誊完。起初我觉得这本戏比前几本更难译，可是后来也不觉得什么，事情只要把开头一克服，便没有什么问题。这本戏，情调比《梵尼斯商人》轻逸，幽默比《温莎的风流娘儿们》蕴藉，全然又是一个滋味。先抄几节俏皮话你看：

裴：现在请你告诉我，你为了我身上的哪一点坏处而开始爱上了我呢？

琵：为着你所有一切的坏处，它们结起了联合防线，不让一点点好处混进了队伍里。但是你最初为了我的哪一点好处而被爱情所苦呢？

裴：“被爱情所苦”，好一句警句！我真是被爱情所苦，因为我的爱你完全是违背本心的。

琵：我想你对于你的本心太轻视了。唉，可怜的心！要是你为了我的缘故而把它轻视，那么我也要为了你的缘故而把它轻视了；因为我的朋友所不欢喜的，我也一定不爱。

裴：我们两人太聪明了，总不能好好儿地讲些情话。

琵：照你这句话看起来，有点不见得吧；二十个聪明人中间，也没有一个会恭维他自己的。

裴：琵菊丽丝，这是一句从前太古有道盛世，人人相敬的时代的老生常谈，当今时世，要是一个人不自己预先给自己立下了墓碑，等葬钟敲过，老婆哭了一场之后，便再不

会给人记得了。

琵：那你想会有多久呢？

裴：问题就在这里。钟鸣一小时，泪流一刻钟。因此只要于心无愧，聪明人把他自己的美德宣扬，就像我现在一样，是最得策的事。我自己可以作证，我这人的确了不得。

★★★★★★[1]

琵：主啊！我怎么忍受得住一个脸上出胡子的丈夫呢？

利：你可以找到一个没有胡子的丈夫呀。

琵：我把他怎样办呢？叫他穿起我的衣裳来，做我的侍女吗？有胡子的人便不是个少年，没有胡子的人算不得成人，不是少年的人我不要，没有成人的孩子我不能嫁他。因此我愿意付六便士的

1 此处原件中为波浪线，本书使用星号加以区分。后同。

保证金给耍熊的，让我把他的猴儿牵到地狱里去。（古谓女子不肯出嫁者死后罚在阴司牵猴子。）

利：那么你要到地狱里去吗？

琵：不，只到了地狱门口，魔鬼就像一个老王八似的，头上出着角，出来见我，说：“您到天上去吧，琵菊丽丝，您到天上去吧；这儿不是给你们姑娘们住的地方。”因此我把猴子交付给他，到天上去见圣彼得了。

******

陶：听我吩咐你们的职务：瞧见流氓便要捉；你们可以用亲王的名义喝住无论哪一个人。

巡丁乙：要是他不肯站住呢？

陶：那么干脆不要理他，让他去吧；马上叫齐了其他的巡丁，一同感谢上帝，这坏蛋不再来麻烦你们。

佛：要是喝住他的时候，他不肯站住，那么他便不是亲王的子民。

陶：对了，不是亲王的子民，就不用管。而且你们不要在街上大声嚷，因为巡夜的要是高谈阔论起来，那是最叫人受不了的事。

巡丁甲：我们宁可睡觉，不要讲话，我们知道巡丁的本分。

陶：好啊，你说得真像一个老练而静默的巡丁，我想睡觉总不会得罪人的。你只要留心你们的戟儿不给人偷去就得了。要是你碰见一个贼子，凭着你的职务，你可以疑心他不是个正直良民；这种东西你越是少去理睬他们，就越显得你是个本分的人。

甲：要是我们知道他是个贼，我们要不要抓住他呢？

陶：是的，凭着你们的职务，本来是可以的；但是我想伸手到染缸里去，难免沾污了手，因此最妥当的办法，当你碰见一个贼的时候，就让他显出他的看家本事来，从你们手里偷偷地溜了去吧。

佛：要是你们听见小儿在夜里啼哭，就应当去喊奶娘给他止哭。

甲：要是奶娘已经睡熟了听不见我们喊呢?

陶：噢，那么悄悄儿走开吧，让那孩子把她哭醒了就得了，因为要是一头母羊听不见她羔羊的“咩”，自然也决不会答应一头牛儿的“哞”啦。

★★★★★★

安：好，侄女，我相信你会听从你父亲作主的。

琵：是的，我的姐姐的本分，便是行个屈膝礼，说：“爸爸，随你的意思吧。”但是虽然如此，姐姐，他一定要是个漂亮的家伙才行，否则你还是再行个屈膝礼，说，“爸爸，随我的意思吧。”

利：好吧，侄女，我希望有一天见你嫁

定了丈夫。

琵：除非等到男人们不再是被上帝用泥土捏成的时候。你想一个女人给一团尘埃作了主儿去，这不怄人吗？把她的一生和一块顽泥消磨在一起！不，伯父，我不要。亚当的儿子们都是我的弟兄；真的，我以为血族结婚是一件罪恶。

利：女儿，记住我告诉你的话，要是亲王对你如此如此，你便这般这般。

琵：姐姐，要是他不周旋中节地向你求爱，那多分是音乐的错处。要是那亲王太性急呀，你就告诉他万事都有个节拍，你便不睬他跳舞下去。因为，希罗，你听我说，求婚、结婚和悔恨，就像是跳苏格兰捷格舞、慢步舞和五步舞一样：开始的求婚就像捷格舞那样的热烈而急促，充满了狂想，结婚就像慢步舞那样端庄镇静，一片的繁文缛节和陈腐的仪式，于是悔恨就跟着来了，那蹒跚无力的腿一步步沉滞下去，变成了五步舞，直至倒卧在坟墓里。

******

希：我从来不曾见过一个人逃得过她的挑剔，无论他是怎样聪明高贵年轻漂亮。如果生得俊，她便会说那位先生应当做她的妹妹；要是生得黑，她便会说上帝正在画一张小花脸的时候，偶然用墨笔涂污了；要是个儿高，便说是管歪头的长枪；要是个儿矮，便说是块刻坏了的玛瑙坠子；欢喜讲话的，便说是随风转的风信标；欢喜沉默的，那么便是块没有知觉的木石。

******

披：有谁见过他上理发店吗？

克：不，可是有人瞧见理发师跟他在过一起呢，他脸庞上的原来那些毛毛儿早已拿去塞了网球了。

利：的确，他去了胡须以后瞧上去比以前年轻了。

披：哼，他还用麝香擦身体呢，你们嗅不出来吗?

克：那就是说，这个可爱的孩子在恋爱了。

披：最重要的证据是他的忧郁。

克：他以前几时洗脸洗得这样勤呢?

披：是啊，而且我听人家说他还涂脂抹粉呢。

克：只要瞧他的开玩笑的脾气好了，现在他已经不再到处拉他的胡琴了。

披：对了，这是一个有力的证据。总之他是在恋爱了。

裴：可是你们这种话不能医好我的牙齿痛呀。

★★★★★★

裴：可是除了你之外，的的确确谁个姑娘都欢喜我的，我也很希望我不要那样心硬，因为我一个都不爱哩。

琵：那真是女人们的好运气，否则她们要给一个恶毒的情郎纠缠个不清了。多谢上帝和我的冷酷的心。我的脾气倒和你一样，让一个男人向我发誓说爱我，还不如听我的狗朝着乌鸦叫。

裴：上帝保佑你小姐永远这样想吧，因为那位先生可以免去了一张命中注定给抓碎的脸孔了。

琵：倘使像尊驾那样的脸孔，就是给抓碎了也不会变得再难看些的。

裴：你是一头少有的多嘴鹦哥。

琵：像我那样多嘴的鸟儿，比之你这种出言无礼的畜生，还好得多哩。

★★★★★★

克：在我的眼中，她是我生平所见的最可爱的女郎。

裴:我现在眼睛还不曾花到要戴眼镜，可

是我瞧不见你所说的那种情形。她的族妹琵菊丽丝虽然火性那样大，可是比起她来要美得多，就像阳春远过于残冬。但是我希望你没有想做新郎的意思吧？

克：我虽然宣誓过独身，可是如果希罗愿意嫁我，我一定作不来自己的主。

裴：已经到了那地步吗？真的，世上就没有一个人可以不靠着吃他妻子的醋而生活的吗？难道我永远见不到一个六十岁的童男了吗？算了吧，算了吧，真的你愿意把你的头套在枷里，让它扣住你的头颈，把每一个星期日在叹息中消度过去？瞧，唐披特洛找你来了。

披：你们不跟着利奥那托去，在这里有什么秘密？

裴：我希望殿下强迫我说出来。

披：我用臣子尽忠的名分命令你说出来。

裴：你听，克劳底奥伯爵，我本来可以

像哑巴一样守秘密的，我希望你能相信我这样，可是我要向殿下尽忠呢，听着，我要向殿下尽忠呢。——他在恋爱了。跟谁？那要请殿下亲自动问了。听吧，他的回答是多么短，跟希罗，利奥那托的短短的女儿。

克：倘使这是真的，那么就算真的。

裴：正像老古话所说：“并不是如此，也并不不是如此，但是，真的，上帝保佑不是如此。”

★★★★★★

裴：哼，他把我侮辱得连木石都忍受不住呢！枯树听了她那种话都忍不住要还口，连我戴在脸上的假脸具都要活了起来跟她相骂。她不知道我就是我自己，对我说我是亲王的弄人，说我比〇〇[1]还蠢，用那样不可思

1　此处与原件一致。

议的敏捷，把一句句讥讽的话掷到我身上，我简直像是一个被人当作箭垛的人，整队的大军向我发射。她讲的话就像一柄柄快刀，每一个字□

★★★★★★

□是讥讽着婚姻；但是人们的口味不也要换换新鲜的吗？年轻时喜欢吃肉的，也许老来一见肉便要恶心。难道一些讽刺讥嘲，不伤皮肤的舌剑唇枪，便会把一个人吓怕而不敢照他的心思行事了吗？不，人类总要繁殖下去的。当我说我要作独身汉而死的这句话时，我没有想到我会活得到结婚的年龄。琵菊丽丝来了。天在头上！她是个美人儿。我有点儿养出她的几分爱情来了。

琵：人家差我来叫你进去吃饭，我心里可是老大不愿意。

裴：美丽的琵菊丽丝，谢谢你，多多有

劳了。

琵：多多有劳你谢我，我可是理都不要理你的感谢。要是我怕烦劳，我一定不会来的。

裴：那么你是很乐意来的吗?

琵：是的，因为我要看你竖起刀尖来戳一块老鸦肉吃。你的胃口怪好呢，大人。再见了。

裴：哈哈！“人家差我来叫你进去吃饭，我心里可是老大不愿意”，这句话里头有点双关的意思呢。“多多有劳你谢我，我可是理都不要理你的感谢”，那简直是说，“我无论怎样为你效劳，都是不算怎么一回事的”。要是我不可怜她，那么我是个混蛋；要是我不爱她，那么我是个犹太鬼子。我要向她讨小照去。

★★★★★★

歌一首

不要叹息，不要叹息，姑娘，
男人全都是骗子，
一脚在岸上一脚在海洋，
从不会至诚到底。
不要叹息，让他们去，姑娘，
你何妨寻芳作乐？
收拾起哀音，再不用情伤，
唱一阕甜歌欢曲。
莫唱哀歌，莫唱哀歌，姑娘，
停止你忧郁悲吟，
哪一个夏天不茂叶苍苍？
哪一个男子忠心？
不要叹息，让他们去，姑娘，
你何妨寻芳作乐？
收拾起哀音，再不用情伤，
唱一阕甜歌欢曲。

附

朱生豪　宋清如：
世上一切算什么，只要有你

文/桑妮

壹

他和她的爱情

在嘉兴市区禾兴南路73号朱生豪的故居门口，伫立着他们这对患难深情伴侣的雕像。他们俩紧紧依偎着，一个脸庞微侧，一个深情凝望，似在喁喁私语，又似在深思陶醉，禾兴路上飞扬的尘土未曾沾染到他们。

雕塑下方，镌刻着的是他给她未曾发出的信：“要是我们两人一同在雨声里做梦，那意境是如何不同，或者一同在雨声里失眠，那也是何等有味。”

世人知有宋清如，皆是因大文豪朱生豪。

那一年，他们初识在之江大学后相恋。

只是相处太短，短浅的一年光阴，他们就面临了分离。朱生豪毕业离开，宋清如还要继续学业。那个年代的人，并不像现代人这么洒脱，玩不了毕业就分手的戏码。于是，他们开始了异地恋，这一开始就坚持了十年才得以团聚。

因为朱生豪的性格，他并不喜欢上海那个世故的城市，在那里的生活中，唯一的倾吐是给远在杭州的她写信。

诚如，他翻译过的莎翁的美文，他和她这段时间之久的书信来往，再回想起来时“如同这虚无缥缈的幻境一样，入云的楼阁，瑰伟的宫殿、庄严的庙堂甚至地球自身，以及地球上的所有一切，都将同样消散，就像这一场幻境，连一点烟云的影子都不曾留下”，是不会觉得苦痛的。因为信的那端，始终有她在，所以一切因思念而来的苦痛连一点烟云般的影子都不曾留下。

那年，他已31岁，她也有30岁了，苦恋十年，终于结了婚。

婚后，他们很穷，很穷。不过，他们却因为彼此深爱无所畏惧。

所谓战争、贫穷和饥饿，都未曾阻拦了他们彼此相爱着走下去的心。他一心沉浸在翻译莎翁的事业中，她则一心挽起衣袖为君甘心做羹汤。他不管世事，她则为每日三餐奔走。都说“贫贱夫妻百事哀”，这只是无爱又无钱的人搭伙过日子的写照，对朱生豪和宋清如来说，爱可以让他们一起在贫穷生活里找到幸福。

只是，他们有甘于生活的心，却没有抵抗贫穷的能力。这样温存的好日子并没有过多久，他便病了，没钱看病，也没时间看病；而她恰恰在这时怀孕了，要做饭洗衣，照顾他，还要借钱养家。他彻底病倒了，他们的孩子也出生了，在喜悦里她承受着生死离别的疼痛。

他终于还是撒手人寰，离开了她和还在襁褓里的孩子。

他终还是没能完成所有的莎剧，带着遗憾，不忍地离开了1岁的孩童和32岁的她。

这样的人事，真是太过残忍。他们因为战乱而不得已分离了十年，好不容易眷属终归，却在结婚不到两年半的光景里又步入阴阳相隔的境地，这境遇如何让人不心灰意冷。一个英年早逝，壮志未酬，留给另一个的是长达半个世纪的守望和相思。

贰

爱你像爱一首诗

宋清如算是个富家闺秀，出生在常熟西乡栏杆桥的一个地主家庭。

她在家中排行第二，因天性好学，深得父母的宠爱，7岁时父母为她请了一位秀才来家中专门启蒙她。当《三字经》《千字文》《闺门女训》《古文观止》等已不能满足她时，她拗着母亲进了洋小学。

不过，这些得来的学习机会也是有代价的，代价是向母亲保证，不要嫁妆钱。诚如《夜半钟声》中描述的意境——“葬！葬！葬！打破青色的希望，一串歌向白云的深处躲藏。夜是无限的茫茫，有魔鬼在放出黝黑的光，小草心里有恶梦的惊惶……”宋清如在当时对自己处境和心态都有着这样的深感触。

去到杭州之江大学时，她已然出落成一个特立独行、语出惊人的才女了。

“女性穿着华美是自轻自贱”，“认识我的是宋清如，不认识我的，我还是我”，她的这些言论一起初便让同学们对她刮目相看，也吸引了万千的人。最能吸引万千的，还是她的诗才，就连当时著名的《现代》杂志主编施蛰存在读了她的诗稿后，也被深深折服了，他竟破天荒地给她回了一封长信，称她“一文一诗，真如琼枝照眼……真不敢相信你是一位才从中学毕业的大学初年级学生……我以为你有不下于冰心之才能……”

在之江大学，她凭借才情而进入了诗社。

就是在这里，他们这对才子佳人得以相遇，若金风玉露，胜却了人间无数。

1932年，素有“之江才子”之称的朱生豪已是四年级学生了，但这无法阻挡他们那两颗彼此靠近的心。从初识就认定了，那时当宋清如入社诗作《宝塔诗》传阅到他手中时，文字间流露出的情绪给他的是一种亲切之感。就此，他们开始了频繁的诗词酬和。

多年里，同学、朋友们的眼中寡言内向的朱生豪，在这场爱恋里表现出少见的忘情来，为宋清如写下了无数动情的诗和信。比如，“楚楚身裁可可名，当年意多亦纵横，同学伴侣呼才子，落笔文华绚不群。招落月，呼停云，秋山朗似女儿身。不须耳鬓常厮伴，一笑低头竟已倾”。再比如，“我的野心，便是想成为你的好朋友；现在我的野心，便是希望这样的友谊能继续到死时。谢谢你给我一个等待。”

自古，诗人的爱意总是比寻常人要炙热、忘我。

诚如，大师沈从文曾对挚爱张兆和表过的衷心——“我不是一个首领，用不着别的女人用奴隶的心来服侍我，但我却愿意做奴隶，献上自己的心，给我爱的人。”

一生中，我们能有几次这种打碎了揉进去的深爱，至多一次吧。所以说，在对的时间里遇见对的人时，我们爱就是了。

可时光无情，岁月残忍，即便深爱，有时也未尝可相伴久久。

在他们爱慕着彼此的一年后，他们不得不面临着别离。

那时，朱生豪毕业，离开杭州去往了上海。不过，离别的只是距离，心仍是炙缠着的。在临别之际，他曾赠情话于宋清如——

忆昨秦山初见时，十分娇瘦十分痴，席边款款吴侬语，笔底芊芊稚子诗。交尚浅，意先移，平生心绪诉君知。飞花逝水初无意，可奈衷情不自持。

浙水东流无尽沧，人间暂聚易参商。阑珊春去羁魂怨，挥手征车送夕阳。梦已散，手空扬，尚言离别是寻常。谁知咏罢河梁后，刻骨相思始自伤。

他是将所有的真情意都写进了字句中的。

那时，仍在杭州继续学业的宋清如，也用书信回应着他，时不常地向他讨教作诗，如此一来二去，情意便如藤蔓缠绕，枝枝蔓蔓再缠绕不清了。朱生豪对她的无限爱恋，亦全在对她的称呼中显现着，如宝贝、妞妞、傻丫头、亲亲、宋儿、小鬼头儿等，细数来竟然多达七十余种。情书的频率亦高，两三天一封是常事儿，甚至时常会一日一封。

他是将自己的相思、情真意切、缱绻缠绵都满蓄在了笔端的纸张上了。

他是那么狂热地爱恋上了她。

他写："我实在喜欢你那一身的诗劲儿，我爱你像爱一首诗一样"；他又写："风和日暖，令人愿意永远活下去。世上一切算得什么，只要有你。我是，我是宋清如至上主义者"；他还写："我的快乐即是爱你，我的安慰即是思念你"。

……

只要是女子，遇见这样一位深情又才情的男子，定是三生有幸的。

宋清如也用深情的笔触回应着他的深情款款，最经典的是一首《蝶恋花》：“愁到旧时分手处，一桁秋风，帘幕无重数。梦散香消谁共语，心期便恐常相负。落尽千红啼杜宇，楼外鹦哥，犹作当年语。一自姮娥天上去，人间到处潇潇雨。”

此后，因为时局的动荡，世事的不安稳，他们竟是一别十年之久。

这十年，是漫长的，也是坎坷的，考验着他们深爱彼此的心。曾经，朱生豪为她写下了如此的情话：“做人最好常在等待中，须是一个辽远的期望，不给你到达最后的终点。但一天比一天更接近这目标，永远是渴望。不实现，也不摧毁。每发现新的欢喜，是鼓舞，而不是完全的满足。顶好是一切希望化为事实，在生命终了前的一秒钟。”

也许，有着这样的精神上的宽慰，他们竟然坚贞地走过了这艰难苦涩的十年分离时光，终于在1942年5月1日，于上海完婚。

只是他们离别的爱之苦，还响彻在他写给宋清如的那些情深的文字间："似乎我每次见了你五分钟，便别了你一百年似的。""我并不愿自拟为天才（实在天才要比平常人可怜得多），但觉得一个人如幸而逢到一个倾心相交的友人，这友人实在比全世界可贵得多……如果我有希望，那么我希望我们不死在同一空间，只死在同一时间。"

常常阅读它们，都犹如看到一位枯坐如僧的朱生豪。

这样让人心生怜爱！

叁

生活最甜蜜的是陪伴

他们是"才子佳人"、"柴米夫妻"。

这是一代词宗，亦是他们二位的老师兼婚姻介绍人夏承焘在他们结婚之际送给他们的一副对联中的题字。

这几句话极恰当地描摹出他们当时的情境。

他们那时困境重重，竟连举行婚礼的衣服都是借来的。然而，物质断然不会在爱着的两个人的心底成了分量的。因为他们有着最至为忠贞的信念：“虽说春天是真/值得迷醉，/因为有更真的/金刚石样坚硬的/信心，不灭的/刚强的结晶/在灵魂里转，/不经心会被火焚/成灰烬，你可甘心？”

所以，结婚之后，他们虽然过得清苦，却是丰盈惬意的。朱生豪将所有精力付诸翻译莎翁的巨作，宋清如则夫唱妇随地成为他最忠实的助手和伴侣。精神之富有的朱生豪曾对宋清如说过：“我很贫穷原。狭义仅指先验的还原，即对描述主体的还原。认为通过，但我无所不有。”如是言语间，表达的全是对婚后生活和爱妻的欣喜之意。还有更惬意的，如同曾经的李清照和赵明诚在“归来堂”里“斗茶”的场景，为了调节生活的乐趣，他们俩根据各自爱好，一起选编了《唐宋名家词四百首》作为“课间休息”。

可是，生活的清苦如同丑恶的痕迹，是任何愉悦都抹杀不了的。

他们居住的常熟，因是日军清乡区，尽管朱生豪已然化名为朱福全，也从不上街，还是随时面临着威胁，为此他们决定到嘉兴东米棚去躲避日军。这里是朱生豪的老家，却因为久未来此，家里是清贫如洗，一张榉木账桌，一把旧式靠椅，一盏小油灯，一支破旧不堪的钢笔，两本辞典便就是他全部的家当。如此情况下，宋清如成了彻头彻尾地为他“洗手做羹汤”的贤惠的妻。

他为了翻译莎翁一事，沉浸其中，忘我到不能自拔，对周遭的世界完全不管不顾；而宋清如，窝心的、懂他的、恋他的宋清如则不再是什么佳人，只是辛勤的家庭主妇，一日为三餐奔忙，帮工做衣什么都做，只要可以补贴家用。她一个大小姐，也不得不学会了“算计”，在每月的上旬，她会一早把一个月的米买好，然后尽可能地省去不必要的开支，例如：刷牙用盐来代替牙粉；朱生豪的头发长了，她便亲自修剪；从不去外面吃，一切吃食她都亲力亲为；没有钟，起床便以天明为准；没有电灯，灯油自是极节约地省着用……

因为有如此的宋清如，朱生豪对她便产生了浓重的依赖。

某一次，宋清如回常熟娘家过年，只留朱生豪在家。大概有20天光景，朱生豪便觉没有宋清如在侧的日子真是煎熬，尤其是湿漉漉带着伤感气息的雨天。宋清如快回来之际，恰是雨天。于是，他在雨中等宋清如回家，站在后园一株杏梅下，花瓣被雨一片片打落，他就将这些花瓣捡起，掬在手里抚着呵着。早有林黛玉葬花，他则掬花，表的皆是一份怜惜的哀伤情绪。情绪泛滥时，他便每捡一花瓣，即在纸上写下一段想宋清如的话，待到宋清如回来，花瓣是已收集了一大堆，他也是连饭都几顿不吃了。

宋清如回来看到如此模样的朱生豪，心疼得流下了泪水。

自此，她再也不舍得离开他了。

如今，他们这缠绵悱恻的爱恋，还可以从当时朱生豪写下的字句间深深感受到：

昨夜一夜我都在听着雨声中度过，要是我们两人一同在雨声里做梦，那境界是如何不同，或者一同在雨声里失眠，那也是何等有味。可是这雨好像永远下不住似的，夜好像永远过不完似的，一滴一滴掉在我的灵魂上……

在那时岁月，他们是彼此最好的、最甜蜜的陪伴。

谁都不可缺失！

肆

你的死亡，带走了我的快乐

困顿的生活，超负荷的工作，加之本就不好的身体，他病了。

他病了，却看不起病，也没时间看病。而这时，她还怀孕了，她要做饭洗衣，还要借钱养家。

他病倒了，他遗憾自己不能完成剩下的五部半的莎翁作品的翻译。恰这时，他们的孩子出生了，带给她喜悦，也带给她生死两难的煎熬。

他病死了，最终没有完成所有的莎剧，留下1岁1个月的孩子和32岁的她离开了人世。

他逝去一年后，宋清如写下如此悲怆的文字：“你的死亡，带走了我的快乐，也带走了我的悲哀。人间哪有比眼睁睁看着自己最亲爱的人由病痛而致绝命时那样更惨痛的事！痛苦撕毁了我的灵魂，煎干了我的眼泪。活着的不再是我自己，只像烧残了的灰烬，枯竭了的古泉，再爆不起火花，漾不起漪涟。”

正当好年华，又容颜姣好甚是绝代风华，遭遇如此多舛命运，一般女子，多会一死了之，抑或就此沉沦了。宋清如也想过就这样了吧。因为这两样最可轻易获得，然而她不能这样，因为她身上还肩负着他未完的使命，31种、180万字莎剧的手稿还未曾出版，无以疗慰他的魂灵，还有他们的幼子，那么小、那么小，嗷嗷待哺。

于是，一个人一旦有了使命，也便就有了活下去的勇气了。

失去了朱生豪的宋清如，便是这样。

她的后半生，便系着为他的两件事过活：出版他的译稿，抚养他和自己的孩子。她活着的生命里，已不单单是她自己的，而是他们两个人的。他们合二为一，她做他没来得及做完的事，看他没能一一看过的人生风景，待到有一天她与他在那永恒的寂静中，她好一一说与他听。

没有朱生豪的生活，让她如此疲惫，难以承受。

她的生活清苦，一个弱女子，除了照顾稚子，还要把全部精力用在工作上。有谁能安慰这样一个女子的寂寞，特别是她这样一个心思细腻的诗人？

还真有这么一个男子，来安慰她。

他就是她的之江同学骆允治。

那时，她被他调入待遇更好的杭州高级中学，彼时，他正任这所学校的总务主任。调入杭高之后，他对她的照顾更多，且看宋清如当时的学生骆寒超的回忆：宋生病不能上课时，常常是骆允治给她代课。他们之间渐渐也曾有了些情感纠葛，但最后终是没能在一起。

或许，在她的爱情世界里，自始至终只对一个男人用情过。他的名字，叫朱生豪。曾经，他将对她的依恋写在脆薄的纸端上，就此镌刻在她的心尖，再无人能触及！

尾语

朱生豪的一生如秋风一般吹过，宋清如则如秋叶般寂寞地度过漫长的岁月。

就此，在多年岁月里，那些承载了太多甜蜜记忆的书信成了宋清如最好的陪伴。

1977年，在外漂泊三十余年的宋清如回家了。回到了嘉兴南门朱氏老宅，住在楼下北面的一间偏屋内。

这一年，她已经67岁了。

这间小屋里有着太多关于朱生豪的记忆，墙上挂着的是朱生豪的炭画像，睡的床是朱生豪生前曾经睡过的，许多旧的家具也是朱生豪当年参与置办的。

老了的宋清如，就这样在这间老屋里仰赖着关于他的回忆来过活。

朱尚刚曾回忆说：老年的母亲把一切都看得很淡了，唯有父亲仍然是她心目中永远清晰的偶像，母亲在她最后一段生活道路上，把剩下不多的全部经历都用来塑造这个偶像了。

当更多的人阅读到朱生豪翻译的莎剧时，皆为其卓然的文风震撼不已，又惊闻他的遗孀宋清如先生还住在朱氏老宅内时，都纷纷而来，找到她，请她诉说跟朱生豪的过往种种。那时的她，只淡淡地回忆初次相识他的情景：“那时，他完全是个孩子。瘦长的个儿，苍白的脸，和善、天真，自得其乐地，很容易使人感到可亲可近。”

这是镌刻于心，任岁月风雨时光沙砾都无法抹杀的深刻爱之记忆。

有文人惊动于他们的情缘，也因他们的书信而感动。于是，想公之于众。她却是犹豫的，她始终将这些书信视为他和她的私人财产，从未想过要公之于众，赤裸裸地将她和他之间的情感展示给世间人看，这断然是她无法想象的。

面对出版的询问，她断然拒绝：“我不出版！……我打算在临死之前，把它们一把火统统烧掉！”还好，幸亏由于某种原因没有烧，并且在她编写的《寄在信封里的灵魂》与她的儿子朱尚刚编写的《朱生豪书信集》两书中，艳美地出现了。

1995年11月18日，是一个天气晴好的日子，满头银丝的宋清如在秀州书店门口签名售书。

她穿了一件黑色粗布呢的褂子，眼神苍茫，让人寻不到一丝曾让大文豪朱生豪为之诗思泉涌的灵动。当故事隐去，那时的宋清如前后判若两人，明眸里蓄满了愁思，尽显沧桑之感。

她是真的老了，心老了。此刻，她已完成了她的两件事，只等着去与他相聚。

世人再无法看到那个恋爱中女子的风姿了，眼见的只是一个寡言的男子在纸端上的情深似海。诗文酬唱，于他们两人而言，早就成奢望。

罢了，只记住朱生豪笔下那个穿着旗袍的宋清如，清秀娴静，意气风发，一切皆有可能的美好样子就好了。那时的岁月里还有如此一段爱情，想起来就心生温暖。

1997年，她聆听仙乐而去。

她带着朱生豪翻译的莎剧和装了朱生豪灵魂的情书，同他一起合葬于地下。

现在，他们在另一个世界一同做梦，一同失眠，一同倾听雨声。

今后，再无什么可以将他们分开。

独活在世间的她，仰赖着有关他的回忆生活。

漫漫岁月熬过，八十六岁的她终于和他在另一个世界，

一同做梦，一同失眠，一同倾听雨声。

我愿意舍弃一切，以想念你终此一生

·朱生豪情书集·

在那时岁月，
他们是彼此最好的、最甜蜜的陪伴。
谁都不可缺失！

图书在版编目（CIP）数据

我愿意舍弃一切，以想念你终此一生：朱生豪情书集 / 朱生豪著；桑妮编. -- 北京：新世界出版社，2020.6

ISBN 978-7-5104-7033-2

Ⅰ. ①我… Ⅱ. ①朱… ②桑… Ⅲ. ①书信集－中国－现代 Ⅳ. ① I266.5

中国版本图书馆 CIP 数据核字 (2020) 第 015337 号

我愿意舍弃一切，以想念你终此一生：朱生豪情书集

作　　者：朱生豪
编　　者：桑　妮
责任编辑：周　帆
责任校对：宣　慧
责任印制：王宝根　苏爱玲
出版发行：新世界出版社
社　　址：北京西城区百万庄大街 24 号（100037）
发 行 部：（010）6899 5968（010）6899 8705（传真）
总 编 室：（010）6899 5424（010）6832 6679（传真）
http://www.nwp.cn
http://www.nwp.com.cn
版 权 部：+8610 6899 6306
版权部电子信箱：nwpcd@sina.com
印　　刷：天津旭非印刷有限公司
经　　销：新华书店
开　　本：880mm × 1230mm　1/32
字　　数：250 千字　　印　张：9.25
版　　次：2020 年 6 月第 1 版　2020 年 6 月第 1 次印刷
书　　号：ISBN 978-7-5104-7033-2
定　　价：58.00 元